연인

L'Amant

세계문학전집 144

연인

L'Amant

마르그리트 뒤라스

김인환 옮김

민음사

차례

연인　9

브뤼노 뉘탱을 위하여

어느 날, 공중 집회소의 홀에서 한 남자가 나에게 다가왔을 때, 나는 이미 노인이었다. 그는 자기소개를 하고 이렇게 말했다. "전 오래전부터 당신을 알고 있었습니다. 모두들 당신은 젊었을 때 더 아름다웠다고 하더군요. 그러나 제 생각에는 지금 당신 모습이 그때보다 더 아름답습니다. 저는 지금의 당신, 그 쭈그러진 얼굴이 젊었을 때의 당신 얼굴보다 훨씬 더 사랑스럽다는 사실을 말씀 드리려고 왔습니다."

종종 나는 나 혼자만 간직하고 그 누구에게도 결코 말한 적 없는 이런 모습을 떠올려 보곤 한다. 그 장면은 황홀한 기운에 감싸인 채 항상 같은 침묵 속에서 펼쳐진다. 나 자신과 관계되는 모든 이미지들 중에서 가장 마음에 드는, 진정한 내 모습을 발견하는, 나를 매혹하는 장면이다.

　나의 삶은 아주 일찍부터 너무 늦어 버렸다. 열여덟 살에 이미 돌이킬 수 없이 늦어 버렸다. 열여덟 살과 스물다섯 살 사이에 내 얼굴은 전혀 예기치 않은 방향으로 변해 갔다. 열여덟 살에 나는 늙어 있었다. 다른 사람들도 다 그런지는 모르 겠지만, 결코 물어 본 적도 없다. 가장 싱그러운 젊은 날을, 생애에서 가장 축복받은 나날을 보내고 있을 때 이따금 시간의 충격이 당신을 후려치곤 한다는 이야기를 들었던 것도 같다. 늙어 간다는 것은 가혹했다. 나는 늙음이 내 얼굴에 찾아와 내 모습을 하나씩 하나씩 변화시키는 것을, 이목구비가 일그 러지고, 두 눈은 더 커지고, 시선은 더 슬픈 빛을 띠고, 입 모 양은 더 고집스러워지고, 이마에는 깊은 주름이 패는 것을 목 격했다. 그런 변화에 진저리 치기는커녕 나는 오히려 내 얼굴 의 노쇠 현상을 마치 어떤 이야기가 어떻게 흘러갈지 궁금해 하는 것 같은 호기심을 품고 지켜보았다. 나는 또한 내가 착 각하지 않았다는 것과 어느 날엔가 그 노쇠 현상이 다소 누그 러져 서서히 진행되리라는 것, 그다음에는 정상 흐름으로 되 돌아가리라는 것을 알고 있었다. 프랑스로 여행 갔던 열일곱 살의 나를 알았던 사람들은, 이 년 후 열아홉 살이 된 나를 다시 만났을 때 몹시 놀라워했다. 그 얼굴, 그 새로운 얼굴을, 나는 간직했다. 그것이 나의 얼굴이었다. 물론 지금도 늙었지 만, 그랬어야 할 만큼은 아니다. 내 얼굴 피부는 거칠고 깊숙 이 파인 주름살투성이다. 이목구비가 섬세한 어떤 얼굴들처럼 완전히 무너지진 않고 윤곽은 남아 있으나, 그 윤곽을 이루는 물질들은 망가져 버렸다. 지금 내 얼굴은 망가졌다.

그러나 여러분에게 다시 한번 말하지만, 나는 열다섯 살 반이다.

메콩 강을 나룻배로 건너는 길이다.

강을 건너는 동안 그 장면은 줄곧 이어진다.

내 나이 열다섯 살 반이고, 그 나라에는 계절이 없으며, 우리는 무덥고 단조로운 단 하나의 계절에, 봄도 없고 봄소식도 없는 지구의 긴 열사 지대에 있다.

나는 사이공[1]의 국립 기숙사에 있다. 거기서 숙식을 하면서도 기숙사 밖에 있는 프랑스 고등학교에 다닌다. 초등학교 교사인 어머니는 딸이 정규 중등교육을 받길 원한다. 너는 정규 중등교육을 받아야 해. 그러나 어머니에게 흡족했던 것이 딸에게는 그렇지가 못하다. 정규 중등교육, 그러고 나서 수학 교사 자격증 취득. 이 판에 박힌 말들을 나는 1학년 때부터 줄곧 들어 왔다. 나는 단 한 번도 내가 수학 교사 자격증에서 벗어날 수 있으리라고 생각해 본 적이 없었고 어머니로 하여금 그런 희망을 품게 해 준다는 것이 기뻤다. 어머니는 매일 자식들의 장래와 자기 미래를 계획했다. 어느 날, 어머니는 더 이상 아들들에 대해서 원대한 꿈을 꾸지 않게 되었다. 그 대

---

[1] 베트남 남부 도시로 지금의 호찌민이다.

신 어머니는 다른 형태의 꿈을, 지푸라기 끝에 매달린 미래에 대한 꿈을 꾸었고 아무튼 그렇게 해서, 아들들 역시 그들 나름으로 역할을 해내면서 자기들 앞에 놓인 시간을 틀어막고 있었다. 작은오빠가 듣던 회계학 강의가 생각난다. 매년, 각자의 수준에 따라 실시되던 위니베셀 학교의 회계학 강의들. 따라잡아야 한다고 어머니는 말하곤 했다. 그 말은 사흘쯤 계속되었으나 결코 나흘까지 가는 법은 없었다. 결코. 한 번도. 어머니 근무지가 바뀌자, 우리는 위니베셀 학교도 집어치우고 말았다. 우리는 새롭게 시작했다. 어머니는 십 년을 버텼다. 그동안 아무것도 이루어지지 않았다. 작은오빠는 사이공에서 말단 회계사가 되었다. 식민지에는 비올레 학교2)가 없었기 때문에 큰오빠는 부득이 프랑스로 떠나야 했다. 그는 비올레 학교에 다니기 위해 몇 년 동안 프랑스에 머물렀다. 그러나 큰오빠는 학교에 나가지 않았다. 어머니는 더 이상 속고 있을 수만은 없었다. 하지만 다른 도리가 없었기 때문에 큰아들을 다른 두 아이들로부터 격리해야만 했다. 몇 년 동안 큰오빠는 집안에 얼굴을 내밀지 않았다. 큰오빠의 부재중에 어머니는 전관거류지3)를 사들였다. 끔찍한 모험이긴 했지만 집에 남아 있던 아이들인 우리에게는 사냥꾼의 밤, 어둠의 자식들을 노리는 암살자라는 존재보다는 덜 끔찍했다.

---

2) 1902년 프랑스 파리에 설립된 기술전문학교.
3) 외국 영토에서 어느 한 나라의 행정권, 경찰권 따위가 행사되는 지역.

사람들은 흔히 나에게 그 변화는 어린 시절 내내 너무나도 강렬한 햇빛을 쬐었기 때문이라고 했다. 그러나 나는 그렇게 생각하지 않았다. 또한 가난에 허덕이는 아이들에게서 나타나는 현상이라고도 했다. 천만에, 그게 아니다. 만성적인 기아에 시달리다가 애늙은이가 되는 아이들이 있긴 했지만 우리는, 아니다, 우리는 배고프지 않았고 백인 아이들이었으며 창피함을 느꼈고 가재도구들을 내다 팔곤 했으나 배고프지는 않았으며, 우리에겐 심부름꾼도 있었다. 물론 이따금 지저분한 것들, 섭금류들, 새끼 악어들을 먹었던 것도 사실이다. 그러나 그런 지저분한 것들은 심부름꾼이 구워 내온 것이었고, 식사 시중을 드는 그에게 우리는 그것을 안 먹겠다고 이따금 투정도 부렸다. 우리는 먹고 싶지 않다는 사치도 부릴 수 있었던 것이다. 그러니 아니다. 내가 열여덟 살이 되던 그해, 지금의 이런 얼굴로 변하게 한 어떤 일이 일어났다. 그 일은 밤에 일어났을 것이다. 나는 그때 나 자신이 무서웠고, 하느님이 두려웠다. 낮 동안에는 죽음이 나타나도 덜 무섭고 덜 심각했다. 그런데 죽음은 나에게서 떠나가지 않았다. 나는 큰오빠를 죽이고 싶었던 것이다. 나는 그를 죽이고 싶었고 한 번만, 딱 한 번만 그를 이기고 그가 죽는 것을 보고 싶었다. 어머니의 면전에서 그녀가 사랑하는 그 아들을 제거해 버림으로써, 큰아들을 그렇게도 깊게, 그렇게나 아프게 사랑한 어머니를 벌하고 싶었기 때문이었고 특히 그것은 작은오빠를, 때로는 내 아이처럼 여겨지는 그를 짓누르고 올라선 큰오빠의 생기 넘치는 삶에서 구해 주기 위해서였으며, 햇빛을 가리고 있는 그 검은 베일에서, 큰오빠 마음대로 되는 그 법(法), 큰오빠 말이 곧 법인 그 야만에서 작은오빠를 구하기 위해서였다. 그 법은 매일, 매 순간 작은오빠를 공포에 질리게 했고 그 공포가 어느 날 작은오빠의 심장에 닿아 그를 죽게 만들었다.

나는 내 가족들에 대해 많이 썼지만 그렇게 쓰는 동안에도 그들, 나의 어머니와 오빠들은 여전히 살아갔으며 나는 사물 같은 그들에게로 다가가지 않고 그 주변에서 글을 썼다.

내 생(生)의 역사는 존재하지 않는다. 그것은 존재하지 않는다. 거기에는 결코 중심이 없다. 길도 없고 경계선도 없다. 사람들은 광활한 장소에 누군가 있으려니 하지만 사실은 그렇지 않다. 그곳에는 아무도 없다. 내 젊은 시절의 아주 작은 어떤 부분에 대해 많든 적든 이미 썼으며 결국 내가 말하고 싶은 것은 그때의 무엇이, 강을 건너는 그때의 무엇이 눈에 띄었는가이다. 지금 내가 여기서 하고 있는 작업은 다르기도 하고 같기도 하다. 이전에는 분명했던 시기, 밝혀진 시기를 얘기했다. 지금, 이 글에서 나는 그 젊은 날의 숨겨진 시기에 대해, 내가 묻어 놓았을 어떤 사실, 감정, 사건 들에 대해 이야기한다. 나는 대단히 수치스러운 환경에서 글을 쓰기 시작했다. 그것들에 대해 쓴다는 것은 역시 도덕적인 문제였다. 그런데 이제는, 글을 쓴다는 것이 더 이상 아무것도 아니라고 여겨질 때가 자주 있다. 때때로 이런 생각이 든다. 마구 뒤섞인 모든 일들을 강한 자의식이나 될 대로 되라는 마음으로 내버려 둔 것도 아닌 이런 시기에 글을 쓴다는 것은 아무것도 아니라고. 뒤섞인 모든 일들이 매번 그 본질을 규명할 수 없는 단 하나의 일에 흡수되어 버리는 이런 시기에 글을 쓴다는 것은 자기 과시 외에는 아무것도 아니라고. 그러나 대부분의 경우 나에겐 뚜렷한 주장이 없으며 모든 곳이 개방되어 있고 더 이상 가로막는 벽이 없으며 글은 어디에 숨어야 할지, 어디에서 쓰이고 읽혀야 할지 알 수가 없다. 그 본질적인 무례함이 더 이상 존중되지 않을 것이라는 사실을 알 뿐이나 그 문제에 대해 더 이상 생각하지 않는다.

지금 나는 아주 어린 나이에, 열여덟 살인가 열다섯 살 때부터, 중년이 되면 알코올 때문에 형편없이 이지러질 전조를 띤 내 얼굴을 본다. 알코올에는 신(神)에게는 없는 기능이 있었다. 자살을 하게 하는, 혹은 살인을 하게 하는 기능이 있었다. 나는 알코올을 입에 대기 전부터 그런 속성을 짐작했다. 알코올은 그 사실을 확인해 주었을 뿐이다. 당시 나에게는 그 자리가 마련되어 있었다. 다른 사람들과 마찬가지로 그 사실을 알고는 있었지만 호기심이 강해서 너무 일찍 시작했다. 그와 동시에 내 안에는 욕망이 자리 잡아 갔다. 열다섯 살 때의 내 얼굴은 관능적이었고 그때까지 나는 관능이라는 게 무엇인지 알지도 못했다. 그 얼굴은 뚜렷이 눈에 띄었다. 심지어 어머니도 알아보았음에 틀림없다. 오빠들도 보았다. 나에게는 모든 것이 그런 식으로 시작되었다. 눈에 띄는 수척한 얼굴, 눈자위가 거무스레한 조숙한 눈 때문에 경험은 시작되었다.

열다섯 살 반. 강을 건넌다. 사이공으로 돌아올 때, 특히 버스를 타고 올 때는 마치 여행 같다. 그날 아침도 나는 어머니가 근무하던 여학교가 있는 사덱에서 버스를 탔다. 방학이 끝나는 날이라는 것만 기억날 뿐 그 방학에 대해서는 더 이상 아무것도 기억나지 않는다. 어머니의 학교 관사에서 방학을 보낸 후 사이공에 있는 기숙사로 돌아가고 있었다. 원주민들이 이용하는 버스는 사덱 시장의 광장에서 출발했다. 언제나처럼 어머니는 정류장까지 나를 따라 나와서 사이공행(行) 버스 운전기사에게 나를 부탁했는데, 사고나 불이 날 경우, 버스가 탈취될 경우, 나룻배에 치명적인 고장이 생길 경우 나를 돌봐 달라는 것이었다. 언제나처럼 운전기사는 백인 여행자들을 위해 마련된 버스 앞자리에, 바로 그의 곁에 나를 앉혔다.

그 모습이 흐려져 결국 완전히 사라져 버린 것은 바로 그 여행 중이었다. 다른 곳, 다른 상황에서처럼 사진 한 장쯤 찍을 수도, 그 장면이 남아 있을 수도 있었다. 그러나 그 장면은 그러지 못했다. 대상이 너무나 가물거려서 떠올릴 수가 없었다. 누가 생각이나 할 수 있었겠는가? 그날 강을 건넌 일, 그 사건이 내 생애에서 가질 중요성을 짐작할 수 있었더라면 그 모습을 찍어 둘 수도 있었을 텐데. 그러나 그 일이 일어나는 중에도 우리는 여전히 그 존재조차 모르고 있었다. 오직 신(神)만이 알았다. 그렇기 때문에 그 장면은, 달리 어쩔 도리도 없었겠지만, 존재하지 않는다. 그것은 생략되었다. 잊혔다. 흐려진 것이 아니라 숫제 제거되어 버린 것이다. 바로 그 부재(不

16

在)를 통해 그 장면은 고유한 힘을, 그 어떤 절대를 표현할 수 있는 힘을, 요컨대 창조자와도 같은 힘을 지니게 된 것이다.

그러니까 나룻배를 타고 메콩강 지류를 통과하던 때의 일이다. 강줄기는 코친차이나[4] 남부, '새들의 초원'인 넓은 진흙 평원과 쌀 경작지에 위치한 빈롱과 사덱 사이로 흘러들고 있었다.

나는 버스에서 내린다. 뱃전으로 간다. 강을 바라본다. 이따금 어머니는 나에게 메콩강과 그 지류만큼 아름답고 장엄하며 야성적인 강은 아마 내 평생 다시 못 볼 것이라고 말하곤 했다. 대양(大洋)을 향해서 흘러 내려가는 메콩강과 그 지류들, 대양의 심연 속으로 사라져 가는 수역(水域). 멀리서 보기엔 유유한 것 같지만 이 강들은 빠르게 흘러 마치 지구가 기울어진 듯이 쏟아져 내려간다.

버스가 나룻배에 실리면, 밤에도 마찬가지로, 혹시 로프가 끊어지지 않을까, 그래서 버스가 바다에 떠내려가지 않을까 늘 겁이 났기 때문에 나는 언제나 버스에서 내린다. 거센 물결 속에서 나는 내 생의 마지막 순간을 본다. 물살은 너무도 거세어 모든 것을, 돌멩이도 성당도 도시도 휩쓸어 버릴 것만 같다. 강물 속에는 숨 쉬며 도사리는 태풍이 있다. 휘몰아치는 바람.

---

4) 프랑스 식민지 시대의 베트남 남부 지역을 부르던 이름.

나는 생사(生絲)로 만든 원피스를, 낡았고 속이 훤히 내비치다시피 한 옷을 입고 있다. 예전에 어머니가 입었던 옷으로, 어느 날 너무 색깔이 밝다면서 나에게 준 것이었다. 소매가 없고 가슴과 등이 아주 많이 파인 원피스다. 생사 특유의 거무스레한 흑갈색을 띠고 있다. 그 원피스는 지금까지도 내 기억에 생생하다. 나는 그 옷이 나에게 퍽 잘 어울린다고 생각한다. 아마도 오빠들 것이었을 가죽 벨트를 차고 있다. 원피스 몇 벌은 기억하지만 당시에 신고 다니던 신발들은 잘 생각나지 않는다. 거의 항상 맨발에 천 샌들이다. 지금 얘기하는 것은 사이공에 있는 중등학교에 다니기 이전의 일이다. 중등학교에 입학하고부터는 물론 언제나 구두를 신고 다녔으니까. 그런데 그날은 금박을 입힌 굽이 높은 그 멋진 구두를 신어야만 한다. 아무리 찾아도 신을 만한 신발이 없어서 그냥 그것을 신는다. 어머니가 반액 세일 때 나에게 사 준 것이다. 나는 학교에 갈 때 그 구두를 신는다. 작은 인조 보석 장식들이 달린 그 야회용 구두를 신고 학교에 간다. 내 의지다. 하이힐을 신으면 균형이 잘 잡히고, 그래서 지금도 그런 구두를 신는다. 그 굽 높은 구두는 내가 신었던 최초의 아름다운 신발이고, 그 이전에 신었던 다른 신발들, 예를 들면 달리거나 놀기에 편한 흰 천으로 만든 편평한 운동화들을 갑자기 추하게 보이게 했다.

그날 소녀의 몸차림에서 대담하고 놀라운 것은 신발만은 아니다. 그날 소녀는 남성용 중절모를 쓰고 있다. 장미 나무

빛깔이 도는 부드러운 펠트 모자로 커다란 검은 리본이 달려 있다.

그 장면에서 결정적으로 모호한 부분은 바로 그 모자이다.

그 모자가 어떻게 해서 내 손에 들어왔는지 나는 잊어버렸다. 그것을 나에게 줄 만한 사람도 생각나지 않는다. 아마도 내가 조르니까 어머니가 사 주었던 것 같다. 단 한 가지 분명한 사실은, 반액 세일 때 산 물건이라는 것이다. 그걸 사고 싶어 한 것은 또 어떻게 설명해야 할까? 당시 그 식민지에서는 어떤 부인도, 어떤 소녀도 남성용 펠트 모자를 쓰고 다니지 않았다. 원주민 여자도 마찬가지다. 추측건대 나는 그냥, 장난삼아 그 모자를 써 보았고, 상점 거울에 내 모습을 비춰 보았다. 그때 나는 보았다. 남성용 모자 밑에서, 볼품없이 야윈 얼굴이, 어린 마음에 결점처럼 여겨지던 그 모습이 완전히 달라진 것을. 야윈 얼굴이 자연에 의해 숙명적이고 폭력적으로 주어진 조건을 떨쳤음을. 그와는 반대로, 다시 말해 기질(氣質)의 선택으로 완전히 달라진 것을. 불현듯, 우리가 그 모습을 원했음을. 불현듯, 나는 마치 다른 여자를 보듯 나 자신을 본다. 그 여자는 밖에서 모두에게 자신을 내맡기고 모든 시선에 자신을 드러내며 도시와 도시를, 길과 길을 돌아다니는, 욕망에 자신을 맡기는 여자 같다. 나는 그 모자를 쓰고, 그 후로 줄곧 벗지 않으며 그 모자, 나를 온통 사로잡은 그것을 내 손에서 놓지 않는다. 구두도, 비슷하긴 했지만 모자보다는 덜했다. 모자가 연약한 육체와 어울리지 않듯 구두는 모자와 전혀 어울리지 않고 그래서 그 구두가 내게는 좋아 보인다. 나는 그 구두 역시 항상 벗지 않으며 그 구두를 신고 어디든 가고 그 중절모 역시 외출할 땐 언제나, 무슨 일에나 쓰고 시내로 간다.

나는 스무 살 적 아들의 사진 한 장을 발견했다. 친구들인 에리카, 엘리자베트 르나르와 함께 캘리포니아주에 있다. 그 애는 너무나도 말라서 마치 피부가 하얀 우간다인 같다. 나는 그 애가 오만하게, 다소 비웃듯 미소 짓고 있는 것을 발견했다. 그 애는 젊은 방랑자의 지친 이미지를 자신에게 부여하고 싶어 한다. 야윈 젊은이의 그 우스꽝스러운 모습을, 볼품없는 용모를, 하찮음을 마음에 들어 한다. 그 모습은, 사진으로 찍히지는 않은 그때 나룻배에 있던 소녀의 모습과 아주 흡사하다.

챙이 넓고 커다란 검은 리본이 달린 장밋빛 모자를 샀던 사람, 어떤 사진에 찍혀 있는 이 여자, 바로 우리 어머니다. 나는 최근 사진들에서보다 이 사진에서 더 빨리 어머니를 분간해 낸다. 하노이의 '작은 호수' 위에 있는 집의 마당이다. 우리 모두가, 어머니와 우리들, 어머니의 아이들이 함께다. 나는 네 살이다. 어머니는 사진 한가운데 있다. 나는 어머니가 뻣뻣하게 굳은 채 미소조차 띠지 않고, 사진을 빨리 찍고 끝내 버리길 기다리고 있다는 것을 알아본다. 긴장한 얼굴에서, 어딘지 흐트러진 모습에서, 몽롱한 시선에서, 날씨가 몹시 더우며 어머니는 지치고 권태에 빠졌음을 안다. 그러나 한편으로 우리가, 어머니의 아이들이 마치 불우한 사람들처럼 옷을 입었다는 사실에서, 어머니가 때때로 빠져 들었던 어떤 정신 상태를, 사진을 찍던 당시 어린 나이의 우리도 예감할 수 있었던 상태를, 그렇게, 갑자기, 더 이상 우리를 씻겨 주거나 옷을 입혀 주거나 음식을 챙겨 주는 일조차도 할 수 없었던 상태를 다시 느낀다. 삶에 대한 암담한 절망, 어머니는 날마다 그 절망에 시달리며 지냈다. 절망은 때로는 오래 지속되기도 하고 때로는 하룻밤 지나면 사라지기도 했다. 나는 너무나 순수해 인생의 행복으로조차도, 때로는, 아무리 강렬한 행복으로도 완전히 해소할 수 없었던 절망에 완전히 절망해 버린 어머니를 지켜볼 수 있는 행운을 얻었다. 내가 여전히 모르는 것은, 날마다 어머니로 하여금 우리를 안중에도 두지 않게 만들었던 구체적인 사실들이 무엇이었나 하는 점이다. 사진에 나타난 절망은 어쩌면 어머니가 저지른 바보 같은 짓, 즉 그때 막 산 집, (사진에 찍힌 그 집) 사실 우리에게는 필요 없었던 집 때문인지도, 아버지가 몹시 위독한 상태여서 죽음을 몇 달 앞두었던 때문인지도 모른다. 아니면 아버지를 죽게 할 그 병에 이번에는 어머니 자신이 걸렸다는 사실을 막 알았기 때문일까? 날짜는 일치한다. 어머니가 분명 몰랐던 것과 마찬가지로 나도 모르는 것, 그것은 어머니에게 휘몰아쳐서 절망을 안겨 주곤 했던 기질이다. 이미 분명해진 아버지의 죽음 아니면 그 날짜였을까? 결혼에 대한 회의? 그런 남편과 아이들에 대한 회의? 그것도 아니라면 어머니가 가진 모든 것에 대한 좀 더 광범위한 회의?

날마다 그랬다. 그 점만은 분명하다. 격렬해지는 때도 있었을 것이다. 날마다 거의 일정한 시각에 절망이 모습을 드러내곤 했다. 그러면 더 이상 나아갈 수도, 잠을 잘 수도, 때로는 그 어떤 일도 할 수 없었고 때로는 정반대로 집을 사거나 이사를 하거나 예기치 않게 기분이 들뜨다가도 좌절하거나 그도 아니면 때로는 여왕이라도 된 듯 우리가 어머니에게 요구하는 것, 제안하는 것을 모두 들어주거나 아버지가 죽어 가는데도 아무 이유 없이 '작은 호수' 위의 그 집을 사들이고, 딸이 그토록 원하니까 남성용 중절모와 금박 장식 신발을 사 주었다. 아니면 아무것도 안 하거나, 자거나, 죽거나.

똑같이 챙 넓은 모자를 쓰고 몇 갈래로 땋은 머리를 앞으로 늘어뜨린 인디언 여자들이 나온다는 영화를 나는 한 번도 본 적이 없다. 그날 나 역시 머리를 평소처럼 틀어 올리지 않고 땋았지만 그 머리가 같은 모양일 수는 없다. 한 번도 본 적 없는 영화 속 여자들처럼 길게 땋은 머리 두 가닥을 앞으로 내려뜨렸으나 어린아이의 땋은 머리다. 모자가 생긴 이후, 그것을 쓰기 위해 나는 더 이상 머리를 틀어 올리지 않는다. 얼마 전부터 나는 머리를 바짝 빗어 넘기고, 팽팽하게 묶어 가능하면 덜 보이게 하고 싶다. 밤마다 자기 전에 나는 머리를 빗고 어머니가 가르쳐 준 대로 땋아 내린다. 내 머리카락은 숱이 많고 부드럽고 찰랑거리며 구릿빛 머리채가 허리까지 닿는다. 사람들은 곧잘 내 몸에서 가장 아름다운 부분이 머리카락이라고 말하고 나는 그 찬사를 결국 내가 예쁘지 않다는 뜻으로 이해한다. 그 아름다운 머리카락을 나는, 어머니 곁을 떠나 파리에 와서 산 지 오 년 후에, 스물세 살 때 자를 것이다. 나는 말했다. 자르세요. 미용사는 잘라 버렸다. 단 한 번의 가위질로 전부, 그리고 머리카락을 다듬기 위해 차가운 가위로 목의 살갗을 비벼 댔다. 바닥에 머리카락이 떨어졌다. 원하면 그것을 싸 주겠다고 말했다. 나는 필요 없다고 했다. 그 후로는 더 이상 머리카락이 아름답다는 찬사를 듣지 못했다. 머리를 자르기 전에 나만 보면 사람들이 한마디씩 한 것처럼. 그 후에는 오히려 이렇게 말했다. 눈빛이 참 아름답네. 미소도, 보기 좋은데.

나룻배 위, 나를 보라, 여전히 머리가 길다. 열다섯 살 반. 이미 화장을 하고 있다. 나는 두 뺨의 윗부분, 눈 밑에 있는 주근깨를 감추기 위해 토칼론 크림을 바른다. 그런 다음 그 위에 우비강 제품인 피부 빛깔 분을 바른다. 분은 어머니 것이었는데 주로 총무국의 야회에 갈 때 바르는 것이다. 그날은 검붉은, 버찌 빛깔 입술연지도 바르고 있다. 그것을 어떻게 손에 넣었는지는 잘 모르겠는데, 아마 엘렌 라고넬이 나를 위해 자기 엄마에게서 훔쳐다 주었던 것 같고, 더 이상은 생각나지 않는다. 향수는 없다, 어머니는 화장수와 팔모리브 비누만 사용한다.

나룻배 위, 버스 곁, 검고 커다란 리무진 한 대가 서 있고 하얀색 면 제복을 입은 운전기사가 타고 있다. 그렇다, 내 책들에 나오는 커다란 영구차다. 모리스 레옹볼레다. 캘커타[5] 프랑스 대사관의 자동차였던 검정색 란치아는 아직 문학 작품에 등장하지도 않은 때였다.

운전기사와 주인 사이에는 유리 칸막이가 있다. 접는 의자들도 있다. 그럼에도 여전히 방 하나만큼이나 큰 승용차다.

그 리무진 안에서 퍽 우아한 남자가 나를 바라보고 있다. 백인이 아니다. 유럽 스타일 옷을 입었는데, 사이공 금융가들이 즐겨 입는 밝은 색 명주 양복이다. 그가 나를 바라본다. 나는 이미 사람들이 나를 보는 데 익숙하다. 식민지의 백인 여자는, 열두 살짜리 백인 소녀는 사람들의 시선을 받는다. 삼년 전부터는 백인 남자들도 길에서 나를 쳐다보고 어머니의 이성 친구들은 아내가 스포츠 클럽에 테니스를 치러 가는 시간에 차를 마시러 오지 않겠느냐고 내게 상냥하게 물어본다.

정말이지 사람들이 너무나 나를 보기 때문에, 나는 내가 사람들의 눈길을 끄는 여자들처럼, 아름다운 다른 여자들처럼 예쁘다고 착각할 뻔했고 그렇게 믿을 뻔했다. 그러나 나는 그것이 아름다움 때문이 아니라 다른 것, 그렇다, 다른 어떤 것, 이를테면 기질 때문임을 안다. 나는 나타내고 싶은 대로 나를 나타낼 수 있다. 사람들이 내가 아름답기를 원하면 아름

---

5) 인도 동부의 도시로 현재는 콜카타라고 불린다.

다워질 수 있고, 예쁘기를 바라면, 예를 들어 가족들이 내가 예쁘기를 바라면 그 어느 누구를 위해서가 아니라 다만 가족들을 위해서 예쁘게 보일 수 있다. 나는 사람들이 나에게 원하는 모든 것이 될 수 있다. 그리고 믿음. 내가 충분히 매력적이라는 믿음. 그것을 믿자마자 나를 바라보는 사람에게, 그의 취향에 맞게 내가 바뀌기를 바라는 사람에게 그것은 사실이 되고 나 역시 그 사실을 안다. 그렇게 해서 나는 비록 큰오빠의 죽음을 기도하는 일에 사로잡혔으면서도 모든 면에서 매력 있는 소녀가 될 수 있다. 죽음에 관해서 말하자면 유일한 공모자는, 어머니다. 나는 내 주위에서, 아이들 주위에서 사람들이 말하던 것처럼 매력적인 단어로 말한다.

나는 이미 깨달았다. 특별한 사실을 안다. 여인을 아름다워 보이게 하는 것은 옷도 화장도 값비싼 향유도 희귀한 보석도 고가의 장신구도 아니라는 것을 안다. 다른 무엇에 있음을 안다. 하지만 무엇인지는 모른다. 다만 여자들이 그렇다 믿는 것이 아니라는 점만 알 뿐이다. 나는 사이공 거리의 여자들, 미개간지에 있는 백인 근무지의 여자들을 살펴본다. 그중에는 매우 아름답고 피부가 눈부시게 흰 여자들도 있으며 그들은 아름다움을 위해서 이곳에서, 특히 미개간지에서 지극한 정성을 쏟는다. 그녀들은 아무것도 하지 않고 오직 자신을 가꾸기만, 유럽을 위해서, 연인을 위해서, 이탈리아에서 보낼 바캉스를 위해서, 삼 년마다 돌아오는 여섯 달 동안의 긴 휴가를 위해서, 이곳에서 일어나는 일, 퍽이나 색다른 식민지 생활, 원주민들의 봉사, 거의 맹종하는 완벽한 하인들, 열대식물, 무도회, 길을 잃을 만큼 으리으리한 하얀 별장들, 변두리 근무지에서 일하는 관리 소유 별장들에 대해 얘기할 수 있는 그 휴가를 위하여 자신을 가꾸기만 한다. 그 여자들은 기다린다. 그녀들은 아무 일이 없는데도 몸치장을 한다. 그리고 거울에 자신을 비추어 본다. 별장의 그늘 속에서, 훗날을 위해 자신의 모습을 보면서 소설처럼 살고 있다고 믿으며 높은 옷장은 이미 드레스로, 철 따라 구입해 모아 넣은 드레스로 그득하고, 이는 오랜 기다림의 나날만을 더할 뿐이다. 어떤 여자들은 미쳐 버린다. 어떤 여자들은 묵묵히 입을 다물고 있던 어린 하녀 때문에 버림을 받는다. 차인 것이다. 우리는 그 여자들에게까지 전해지는 말을, 한바탕 소란을, 그 말이 뺨을 때리는 소리를 듣는다. 어떤 여자들은 자살한다.

그 여자들 스스로가 초래한 결핍감은 내게는 항상 일종의 실수라고 생각되었다.

욕망을 외부에서 끌어오려고 해서는 안 되었다. 욕망은 그것을 충동질한 여자의 몸 안에 있거나 그게 아니라면 존재하지 않는 것이었다. 첫눈에 욕망이 솟아나든지 아니면 결코 존재하지 않든지 둘 중 하나였다. 성욕과 직결된 즉각적인 지성이거나 아니면 아무것도 아니었다. 그렇게 나는 **경험하기 이전**에 그 사실을 알고 있었다.

오직 엘렌 라고넬만은 유일하게 그런 실수를 범하지 않았다. 어린 시절에는 늦되었던 그녀가.

오랫동안 나는 내 원피스라곤 없이 지낸다. 내 원피스들은 포대 자루 같은데 역시나 포대 자루 같았던 어머니의 낡은 원피스들을 고친 것이다. 어머니가 도를 시켜서 만든 것이었다. 도는 우리 가정부로 단 한 번도, 나중에 어머니가 프랑스로 돌아가게 되었을 때도, 큰오빠가 사덱의 관사에서 그녀를 강간하려고 했을 때도, 나중에 월급을 받지 못하게 되었을 때도, 어머니를 떠나지 않고 곁에 머물렀다. 수녀원에서 자란 도는 수도 놓고 옷에 주름을 잡고 오래전부터 아무도 하지 않는 손바느질도 머리카락처럼 가는 바늘로 척척 해낸다. 그녀가 수를 놓을 줄 알기 때문에 어머니는 그녀를 시켜서 시트에 수를 놓는다. 또 그녀가 주름을 잡을 줄 알기 때문에 어머니는 그녀에게 주름 잡힌 내 원피스들을 만들게 하고 나는 자루를 뒤집어쓴 꼴로 그 옷들을 걸치고 다닌다. 구식에다 항상 너무 유치한 그 원피스 앞가슴에는 주름이 두 줄 잡혔고 깃은 동그라며 스커트 밑단에는 '맞춤복'임을 드러내기 위해 비스듬히 수가 놓여 있다. 나는 자루 같은 그 원피스들 위로 옷맵시를 바꾸는 벨트를 걸치고, 그렇게 그 원피스들은 영원해진다.

열다섯 살 반. 날씬한, 오히려 연약하다고 할 수 있는 육체, 어린 젖가슴, 연한 분홍빛 분과 루주를 바른 얼굴. 거기에다 웃음을 자아내는, 그러나 실제로는 아무도 웃지 않는 그 옷차림. 모든 것이 거기에 있고 아직 아무 일도 일어나지 않았으며 나는 그것을 내 눈으로 보고, 모든 것이 이미 내 눈 안에 있다. 나는 글을 쓰고 싶다. 이미 어머니에게 그 소망을 얘기했다. 제가 원하는 건 글쓰기예요. 처음에는 아무런 대답이 없다. 이윽고 어머니가 묻는다. 뭘 쓰겠다는 거니? 나는 책이라고, 소설이라고 말한다. 어머니는 퉁명스럽게 말한다. 수학 교사 자격증부터 따고 나서 정 원하면 쓰려무나. 더는 관심 없다. 어머니는 반대라고, 가치 없는 일이라고, 직업이라고도 할 수 없다고, 실수라고, 훗날 내게 말할 것이다. 유치한 생각이야.

펠트 모자를 쓴 소녀가 강물의 레몬 빛을 온몸으로 받으며 난간에 팔꿈치를 괴고 나룻배의 갑판 위에 홀로 서 있다. 남성용 모자가 그 장면을 온통 장밋빛으로 물들이고 있다. 그것이 유일한 색깔이다. 안개가 뿌옇게 서린 강 위의 태양, 그 태양의 열기 속에 강기슭은 지워지고 강은 수평선과 맞닿은 것처럼 보인다. 강은 유유히, 어떤 소리도 내지 않고 몸속 피처럼 흐른다. 수면에는 바람 기운조차 없다. 그 장면에서 유일하게 소리를 내는 나룻배의 모터는 낡아서 털털거린다. 때때로 미풍에 실려 사람들의 말소리가 스치고 지나간다. 그러고 나면 개 짖는 소리가 사방에서, 안개 너머에서, 모든 마을에서부터 들려온다. 소녀는 어릴 적부터 이 뱃사공을 잘 안다. 뱃사공이 그녀에게 미소를 지으며 분교장인 어머니의 안부를 묻는다. 그는 종종 어머니가 밤에 지나가는 것을 본다고, 캄보디아의 외국인 주거지에 자주 가곤 한다고 말한다. 어머니는 잘 계세요. 소녀가 대답한다. 배 주위로 강물이 찰랑거리며 볏논에 괴어 있는 물로 흘러들지만 서로 뒤섞이지 않는다. 강물은 캄보디아의 숲, 톤레삽에서부터 부딪치는 모든 것을 삼키고 흐른다. 강물은 가까이 오는 모든 것, 초가지붕들, 나뭇단들, 불타고 남은 찌꺼기들, 죽은 새나 개, 호랑이, 물소, 익사체, 물에 빠진 사람, 미끼 새 들, 한데 들러붙은 히아신스 섬 같은 모든 것을 데리고 태평양을 향해 간다. 어떤 것도 머뭇거릴 시간 없이 강의 심오하고 현기증 나는 물살에 실려 갈 뿐, 모든 것은 강이 지닌 힘의 표면에 매달려 있다.

　나는 어머니에게, 다른 무엇보다도 내가 줄곧 원해 온 것은 글쓰기였고 오직 그 일만을 하고 싶다고, 다른 무엇도 아닌 그 일만을 하고 싶다고 대답했다. 어머니는 질투를 한다. 아무 대답 없이 흘깃 보더니 이내 돌리는 시선, 으쓱해 보이는 어깨, 잊을 수 없는 그 몸짓. 내가 맨 먼저 떠나가게 될 것이다. 어쨌든 어머니가 나를 잃기까지는, 여기 있는 이 아이를 잃기까지는 아직 몇 년이 남았다. 아들들의 경우에는 두려워해야 할 것이 없었다. 그러나 이 딸애는, 어느 날엔가는 떠날 것이며 데이트도 하게 될 것임을 진작부터 알고 있었다. 프랑스어 과목 일등. 담임이 어머니에게 말한다. 부인, 부인의 따님이 프랑스어 과목에서 일등을 했습니다. 어머니는 아무 말도 하지 않는다, 한마디도. 전혀 만족한 기색이 아닌 것은 프랑스어 과목에서 일등을 한 것이 아들들이 아니기 때문이며, 더 이상 듣기가 싫은 어머니는 이렇게 묻는다. 수학은 어떤가요? 담임은 대답했다. 아직은 아니지만 곧 그렇게 될 겁니다. 어머니가 묻는다. 그때가 언제일까요? 담임이 대답한다. 따님이 수학 일등을 원할 때겠지요, 부인.

내 어머니, 내 사랑, 열대 지방인데도 분교장의 체면을 위해서라 믿고 도가 수선한 긴 양말을 신은, 역시 도가 수선한 후줄근한 원피스를 입은 어처구니 없는 차림새, 여자 사촌들이 많이 모여 사는 피카르디 지방의 농가 습속을 아직도 그대로 지닌 채 모든 물건을 끝장을 볼 때까지 사용하는, 그렇게 해야만 하고, 그런 행동이 가치 있는 일이라 믿었던 어머니, 그리고 그 구두들, 다 망가져 굽이 내려앉은 구두를 신고 절뚝거리는 강아지처럼 걷는, 머리는 반듯하게 중국식으로 틀어 올린 어머니는 우리를 부끄럽게 만든다. 어머니가 B.12[6]를 타고 내가 다니는 중학교 앞길에 도착할 때면 나는 부끄러워서 어쩔 줄 모르고, 모든 사람이 어머니를 보나 어머니는, 어머니는 눈치조차 채지 못한다, 전혀. 어머니는 감금되고 매를 맞고 죽는 쪽이다. 어머니가 나를 보고, 말한다. 아마 넌 곧 빠져나가겠지. 날이 갈수록 굳어 가는 생각. 그것은 무엇엔가 도달해야겠다는 것이 아니라 지금 있는 곳에서 빠져나가야만 한다는 것이다.

어느 정도 기분이 누그러지고 절망에서도 빠져나온 어느 날, 어머니는 남성용 모자와 금박 장식 구두를 발견한다. 어머니는 나에게 이것들이 도대체 무엇이냐고 묻는다. 나는 별

---

6) 1925년 시트로엥사(社)가 생산한 프랑스 최초 순 강철제 자동차.

것 아니라고 대답한다. 어머니는 내 모습을 바라보더니 마음에 들었는지 미소를 짓는다. 어머니가 말한다. 나쁘지 않구나, 너에게 꽤 잘 어울려. 전혀 다른 인상을 주는구나. 그것들을 산 사람이 자기인지 묻지도 않는데, 자신이 몇 번이고 그런 일을 했을 수 있다는 것을, 내가 말했듯 매번 우리가 원하는 것을 빼내어 가고, 자기로선 그걸 막을 재간이 없다는 것을 잘 안다. 나는 어머니에게 말한다. 하나도 비싸지 않은 것들이에요. 속상해하지 마세요. 어머니는 어디서 났느냐고 묻는다. 카티나 거리에서 반액 세일할 때 산 거라고 대답한다. 어머니는 가엾다는 듯 나를 바라본다. 어린 딸이 그런 차림을 하겠다고 생각해 낸 상상력이 고무적인 징조라고 생각한 것이 분명하다. 과부처럼, 환속한 수녀처럼 회색 옷만 걸치는 어머니는 그 어릿광대 같은 모습, 그 야릇한 옷차림을 묵인할 뿐만 아니라 마음에 들어 한다.

가난과의 인연은 또한 그 남성용 모자 속에도 담겨 있는데, 머잖아 집안에 돈이 들어와야 했기에, 어떤 식으로든 수입이 있어야 했기 때문이다. 어머니 주위는 온통 사막과 같고 아들들이 바로 그 사막이며 그들은 아무것도 하지 않을 것이고 터무니없이 비싼 땅값 역시 암담하여 돈이 바닥나면 모든 게 끝장이다. 유일하게 남은 것은 나날이 커 가는, 언젠가 이 집안의 돈이 어떻게 해서 벌어들여진 것인지 알게 될 딸뿐이다. 바로 그런 이유 때문에, 딸애는 그 사실을 모르지만, 어머니는 딸이 나이 어린 창녀 같은 옷차림으로 외출하는 것을 허락한 것이다. 그래서 딸애는 벌써부터 그런 것을 할 줄 아는지도, 소녀에 대한 사람들의 관심을 돈을 벌 수 있는 쪽으로 돌리기에 충분한 것인지도 모른다. 그런 사실이 어머니를 미소 짓게 한다.

아이가 돈을 찾아 나설 때 어머니는 딸애의 그런 행동을 막지 않을 것이다. 아이는 말할 것이다. 프랑스로 귀국할 여비로 그이에게 500피아스트르[7]를 달라고 했어요. 어머니는 잘했다고, 파리에 정착하려면 그 돈이 필요하다고 말할 것이다. 500피아스트르면 충분할 거야. 자기가 한 짓을 어머니도 했을 것임을, 감히 그럴 수만 있었더라면, 그럴 기력이 있었더라면, 잡념 때문에 생겨난 고통이 날마다 집 안에 도사리며 기진맥진하게 만들지 않았더라면 어머니도 같은 일을 했을 것임을 아이는 안다.

나의 어린 시절에 관련된 책들에 썼던 이야기 중에서 내가 애써 말하지 않으려고 했던 것이 무엇인지, 내가 말했던 것이 무엇인지 갑자기 더 이상 생각나지 않는다. 어머니에게 품었던 사랑에 대해 얘기했던 것 같기도 하지만 어머니에게 품었던 증오를, 우리 가족이 서로에게 품었던 사랑, 또 끔찍한 증오를, 파산과 죽음이 뒤엉킨 우리 가족 공동의 이야기를, 사랑과 증오의 편린들을 끌어안고 있는 그 공동의 이야기를 했는지 모

---

7) 인도차이나의 화폐 단위.

르겠다. 우리 가족의 이야기는 내 이해의 폭을 넘어, 내 손이 닿지 않는 곳에, 내 육신의 가장 은밀한 곳에 숨어 있어서 나는 모태에서 막 떨어져 나온 갓난아이처럼 아무것도 볼 수 없다. 그 이야기는 침묵이 시작되는 세계의 문턱에 있다. 그곳에서 일어나는 일은 단지 침묵뿐이고 내 온 생애에 걸친 느릿한 작업뿐이다. 나는 여전히 거기에, 마귀 들린 아이들 앞에, 신비와 같은 거리에 있다. 나는 글을 쓴다고 생각하면서 한 번도 글을 쓰지 않았고 사랑한다고 믿으면서 한 번도 사랑하지 않았으며 닫힌 문 앞에서 기다리는 일 외에는 아무것도 한 것이 없다.

메콩강의 나룻배에 탔을 당시, 바로 그 검은 리무진이 등장하던 날, 어머니는 수로를 막아 개간한 주거지를 여전히 포기하지 않고 있었다. 때때로 우리는 예전처럼, 셋이서 밤에 길을 떠나, 그곳에 가서 며칠씩 묵곤 한다. 주로 시암의 산에 면한 방갈로의 베란다에서 시간을 보낸다. 그러다 돌아온다. 어머니는 그곳에서 할 일이 아무것도 없지만 그래도 자주 그곳에 간다. 작은오빠와 나는 숲 맞은편 베란다에서 어머니 곁에 있다. 우리는 이제 너무 나이가 들어 호수에서 멱을 감거나 하구(河口)의 늪에서 검은 표범을 쫓거나 하지 않고 숲속으로도, 후추 재배 마을로도 가지 않는다. 우리 주위 모든 것이 자랐다. 물소 떼 틈에도, 다른 어느 곳에도 새끼들은 없다. 어머니의 몸에 밴 그 느린 동작이 우리에게도 배어들고 그 기이함에 익숙해진다. 숲을 바라보면서, 기다리면서, 울면서, 우리는 아무것도 배우는 것이 없었다. 하인들은 아래쪽 땅들은 내버려 둔 채 위쪽 밭을 경작했는데 월급 대신 수확한 벼를 받았고, 어머니가 짓도록 한 좋은 초가에서 산다. 우리가 가족이라도 되는 것처럼 그들은 우리를 사랑하고, 마치 방갈로를 지키는 사람처럼 굴며, 실제로 지킨다. 보잘것없는 식기에도 결코 부족해하지 않는다. 지붕은 비에 젖어 썩어 사라진다. 하지만 가구들은 윤기가 돈다. 그리고 길에서 보이는 방갈로의 형태는 거기 그렇게 그림 한 점처럼 순수하다. 방갈로 문을 활짝 열어 통풍을 해 두어서 나무 벽은 보송보송하다. 그래도 저녁이면, 떠돌이 개들이나 산의 밀수업자들이 들어오지 못하게 문을 닫아 놓는다.

이제 여러분도 아시겠지만 앞에서 썼던 것처럼, 내가 검은 리무진을 탄 부자를 만난 것은 리엄의 간이식당에서가 아니라 우리 가족이 개간지를 포기하고 난 이삼 년 후, 나룻배 위, 안개와 열기의 빛 속에서다.

어머니가 우리와 함께 프랑스로 돌아온 것은 그 만남이 있고 일 년 반 후의 일이다. 어머니는 가구들을 모두 팔 것이다. 그리고 마지막으로 개간지로 갈 것이다. 어머니는 석양빛을 받으며 베란다에 앉고, 결코 돌아오지 않을 테니 우리는 다시 한번, 마지막으로, 시암 쪽을 바라볼 것이다. 사실 어머니가 다시 프랑스를 떠날 때, 생각을 바꾸어 사이공에서 여생을 보내기 위해 다시 인도차이나에 돌아올 때에도 어머니는 결코 그 산 앞에, 숲 위로 펼쳐진 노란빛과 초록빛이 뒤섞인 그 하늘 앞에 서지 않을 것이다.

그렇다. 내 말은, 어머니가 생에서 이미 늦은 때에 다시 시작했다는 것이다. 어머니는 프랑스어 학교를, '라 누벨 에콜 프랑세즈'를 세웠고, 그 학교 덕택에 내 학비의 절반을 대고, 살아 있는 내내 큰아들 뒷바라지를 할 수 있을 것이다.

작은오빠는 기관지 폐렴으로 사흘을 앓다가, 심장이 견디지 못해, 죽었다. 바로 그때 나는 어머니를 떠났다. 일본에 점령당했던 기간이었다. 모든 것이 그날 끝장났다. 나는 어머니에게 우리 어린 시절에 관해서도, 어머니에 관해서도 더 이상묻지 않았다. 내게 있어 어머니는 작은오빠와 함께 죽었다. 큰오빠도 마찬가지였다. 나는 그 두 사람에 대해서 불현듯 치밀어 오르는 심한 혐오감을 억누를 수 없었다. 그들은 더 이상나에게 중요하지 않다. 그날 이후로 나는 그들에 대해 더 이상아무것도 알지 못한다. 나는 아직도 어떻게 해서 어머니가 체티[8]들에게서 진 빚을 다 갚을 수 있었는지 알지 못한다. 빚쟁이들은 어느 날부터 더 이상 오지 않았다. 지금도 눈에 선하다. 그들은 하얀 사롱을 입고, 한마디 말도 없이, 몇 달이고 몇년이고 계속, 사택의 작은 거실에 앉아 있다. 어머니가 우는

---

8) 체티아르라는 계급의 인도계 상인들로 영국령 말레이시아와 버마 등지에서 고리대금업을 행했다.

소리, 그들에게 욕설을 퍼붓는 소리가 들리고 자기 방에 틀어박힌 채, 나와 볼 생각조차 않고, 제발 자기를 내버려 두어 달라고 악을 쓰는데 그들은 들리지 않는 듯, 조용하게, 미소를 띤 채 기다린다. 그러더니 어느 날 그들은 더 이상 오지 않는다. 지금 그들은, 어머니는, 오빠들도 죽고 없다. 추억을 더듬어 보기에도 너무 늦었다. 이제 나는 더 이상 그들을 사랑하지 않는다. 예전에 그들을 사랑했는지 더는 모르겠다. 나는 그들에게서 떠나 버렸다. 이제 내 기억 속에는 더 이상 아무것도 남아 있지 않다. 어머니의 살갗에서 나던 향기도 머릿속에 남지 않았고, 어머니의 눈동자 색깔도 내 눈에선 찾아볼 수 없다. 어머니의 목소리도 더 이상 기억하지 못한다. 다만 이따금씩, 저녁이면 피로에 지친 부드러운 목소리가 문득 떠오를 뿐이다. 웃음소리는, 더 이상 들리지 않는다, 웃음소리도, 고함소리도. 다 끝이 나, 더 이상 떠오르지 않는다. 그렇기 때문에 지금 어머니에 대해 이렇게 힘들이지 않고, 이렇게 길게, 이렇게 장황하게 쓰고, 어머니는 술술 풀리는 글이 되었다.

어머니는 1932년에서 1949년까지 사이공에 머물러야 했다. 작은오빠가 죽은 것은 1942년 12월이다. 그리고 이제 어머니는 더 이상 어느 곳으로도 움직일 수 없다. 그곳에, 어머니가 이야기하던 무덤 곁에 아직도 머물러 있다. 그런 다음 결국 프랑스로 돌아왔다. 우리가 다시 만났을 때 내 아들은 두 살이었다. 서로 알아보기에는 너무 늦은 때였다. 첫눈에 우리는 그 사실을 깨달았다. 다시 붙들 것이 더 이상 아무것도 없었다. 큰아들을 제외하고는 다른 모든 것은 끝이 났다. 어머니는 여생을 보내기 위해 루아르에셰르에 있는 가짜 루이 14세 성으로 갔다. 그곳에서 도와 함께 살았다. 어머니는 아직도 밤을 무서워했다. 그래서 소총 한 자루를 샀다. 도는 성 맨 위층 다락방에서 망을 보곤 했다. 어머니는 또한 앙부아즈 근처에 큰아들 몫의 땅을 샀다. 그곳에는 숲이 있었다. 아들은 나무를 베었다. 그 돈으로 파리의 바카라 도박 클럽에 갔다. 숲은 하룻밤 사이에 사라져 버리고 말았다. 그 부분에서 추억이 갑자기 휘는데, 아마도 큰오빠가 나를 눈물 흘리게 한 것이 나무 판 돈을 몽땅 잃고 난 후였던 것 같다. 내가 아는 사실은 몽파르나스에서, 카페 라 쿠폴 앞에서, 자기 자동차 안에 쓰러져 있는 큰오빠를 사람들이 발견했다는 것, 그가 죽으려고 했다는 것이다. 그 후의 일은 더 이상 모른다. 어머니가 자기 소유의 가짜 성을 어떻게 했는지 상상조차 할 수 없는데, 아무튼 그 성은 언제나 큰아들, 쉰 살 아이인 아들, 돈을 벌 줄 모르는 그 아들 몫이었다. 어머니는 인공 부화기들을 사서 아래층 큰 거실에 설치한다. 40제곱미터가 단번에 병아리 600마리로 그득하다. 그러나 어머니는 적외선을 조절할 줄 몰랐기 때문에 단 한 마리의 병아리도 필요한 양분을 제대로 섭취할 수 없다. 병아리 600마리는 제각각 부리를 쩍쩍 벌린 채 굶주림으로 죽어 가고, 그 후 어머니는 그 일을 다시 시작하지 않을 것이다. 나는 병아리들이 알을 까고 나올 무렵 그 성에 갔었는데, 마치 축제 같았다. 그러더니 이어 죽은 병아리들과 사료 썩는 냄새가 진동하기 시작해서 어머니의 성에서는 토하지 않고는 음식을 더 이상 먹을 수 없었다.

어머니는 도와, 항상 자기 아이라고 부르던 아들이 지켜보는 가운데 2층의 커다란 방에서, 결빙기나 몇 해의 겨울철이면 침대 주위로 대여섯 마리 양을 들여 놓곤 했던 방에서, 세상을 떠났다.

바로 그곳, 루아르의 집에서, 마지막 집에서, 평생 동안의 방황이 끝나고 가족의 여러 사건들에 종지부를 찍었던 바로 그 집에서, 나는 처음으로 확연하게 광기(狂氣)를 본다. 어머니가 분명히 미쳤다는 것을 알게 된다. 또한 도와 큰오빠가 항상 그 광기를 접해 왔다는 것도 알게 된다. 나는, 아니었다, 나는 단 한 번도 그 모습을 본 적이 없다. 나는 어머니가 발광하는 모습을 결코 본 적이 없다. 어머니는 미친 여자였다. 태어날 때부터. 피 속에 흐르는 광기. 그 광기로 해서 발작을 일으키지는 않았으나, 마치 그게 건강한 것인 양 광기에 시달리며 살아왔던 것이다. 도와 큰오빠와 더불어. 두 사람 외에는 아무도 눈치채지 못했다. 어머니에게는 항상 친구가 많았고 같은 친구들을 오랫동안, 몇 년이고 사귀었으며 항상 새 친구들이 생겼는데, 대개 아주 젊은 층으로 개간지에 있는 근무지로 부임해 온 사람들이었고 나중에는 투렌 지방 사람들과 사귀었으며 그중에는 프랑스령 식민지에서 은퇴한 사람들도 있었다. 어머니는 자기 주위에 거의 모든 연령층의 사람들을 끌어들일 수 있는 힘이 있었는데 워낙 생기 넘치는 지성과 명랑함, 질리지 않는, 비길 데 없는 천성 때문이라고 사람들은 말했다.

　그 절망의 사진을 누가 찍었을까. 하노이에 있던 우리 집 마당을 배경으로 한 그 사진 말이다. 어쩌면 아버지가 마지막으로 찍었을지도 모른다. 그러고 나서 몇 달 내에 아버지는 건강 때문에 프랑스로 귀환할 것이다. 그전에 아버지는 프놈펜에 발령이 나서 전근을 할 것이다. 그곳에서 몇 주 머물 것이다. 일 년도 못 채운 채 죽을 것이다. 어머니는 아버지를 따라 프랑스에 가는 것을 거부하고 살던 곳에 그냥 눌러 있을 것이다. 프놈펜에. 메콩 강변에 있는 호화로운 저택, 몇 헥타르에 이르는, 소름 끼치는 공원 한가운데 캄보디아 왕의 옛 궁인 그 거대한 저택에서 어머니는 두려움에 떤다. 밤이면 우리도 무섭다. 우리 네 사람은 한 침대에 모여 잔다. 어머니는 밤이 무섭다고 말한다. 아버지가 죽었다는 기별을 어머니가 받을 곳도 바로 그 저택이다. 사망 전보를 받기도 전에 어머니는 그 사실을 알 것이다. 전날 밤, 어머니 혼자만이 볼 수 있고 들을 수 있었던 그 어떤 징조, 한밤중에 미친 듯이 울어 대던 새 한 마리, 궁 북쪽에 면한 서재에서 길을 잃고 맴돌던 그 새는, 바로 아버지 것이다. 또한 어머니가, 남편이 죽기 며칠 전, 역시 한밤중에 당신 아버지의 환영과 만난 곳도 바로 그곳이다. 어머니는 불을 켠다. 할아버지가 그곳에 있다. 궁의 넓은 거실에 있는 팔각 테이블 곁에 꼼짝도 않고 서 있다. 할아버지가 어머니를 바라본다. 나는 그 울부짖음을, 부르던 그 소리를 기억한다. 어머니는 우리를 두드려 깨웠고, 할아버지의 옷차림을, 일요일의 회색 의복을, 선 자세와 똑바로 바라보던 시선을 이야기했다. 어머니가 말한다. 꼬마였을 때처럼 아버지를 불렀어. 어머니가 말한다. 무섭지 않았어. 어머니는 사라진 환영 쪽으로 달려갔다. 할아버지와 아버지, 두 사람은 새들과 환영이 나타났던 그날, 그 시각에 죽었다. 그때부터 우리는 모든 점에서, 죽음에 관한 것까지 포함하여, 어머니의 예감에 대해 의심의 여지 없이 감탄하게 되었다.

우아한 그 남자가 리무진에서 내려 영국제 담배를 피운다. 남성용 펠트 모자를 쓰고 금박 장식 하이힐을 신은 소녀를 바라본다. 그는 소녀를 향해 천천히 걸어온다. 압도당했다는 것을 분명히 알 수 있다. 무엇보다 미소를 짓지 않고 있다. 먼저 소녀에게 담배 한 개비를 권한다. 그의 손이 떨린다. 인종이 다르므로, 그는 백인이 아니고 그 점을 극복해야 하므로 떨고 있는 것이다. 그녀는 고맙지만 담배를 피우지 않는다고 말한다. 다른 아무 말도, 제발 가만히 내버려 두라는 말도 않는다. 그래서 그의 두려움이 다소 누그러든다. 그래서 그는 꿈을 꾸고 있는 것 같다고 말한다. 그녀는 대답하지 않는다. 대답할 필요가 없다, 도대체 뭐라고 대답할 수 있겠는가. 그녀는 기다린다. 그러자 다시 그가 묻는다. 어디 출신입니까? 그녀는 자신이 사덱에 있는 여학교 교사의 딸이라고 말한다. 그는 잠깐 생각해 보더니 그 부인, 즉 그녀의 어머니에 관해 들은 적이 있다고, 캄보디아에서 개간지를 사려다가 실패했다는 소문이 있더라고 말한다. 제 말이 맞지요, 그렇죠? 그래요. 맞아요.

그는 나룻배 위에서 그녀를 만난 것은 아주 놀라운 일이라고 반복한다. 이렇게도 이른 아침에, 이처럼 아름다운 아가씨를, 생각 좀 해 봐요, 정말 의외인데요. 원주민용 버스에 백인 소녀가 타고 있다니.

그는 모자가 그녀에게 잘, 아주 잘 어울린다고, 남성용 모자는…… 뭐랄까…… 개성이 있다고, 그렇지 않으냐고, 그녀는 너무나도 예뻐서 아무거나 다 어울릴 거라고 말한다.

그녀가 그를 쳐다본다. 그리고 누구냐고 묻는다. 그는 파리에서 공부를 하다 돌아왔으며, 그 역시 사덱에, 바로 이 강가에, 푸른 세라믹 난간을 세운 넓은 테라스가 딸린 큰 집에 산다고 말한다. 그녀는 어느 나라 사람이냐고 묻는다. 그는 중국인이고, 가족은 중국 북부 푸순 출신이라고 대답한다. 사이공에 있는 집까지 데려다 드려도 될까요? 그녀는 승낙한다. 그는 운전기사에게 버스에 있는 그녀의 짐들을 가져다 검은 리무진에 싣도록 지시한다.

중국인. 그는 식민지의 개인 부동산을 거의 다 장악하고 있는 소수 중국계 자본가들 중 하나다. 그날 그는 사이공으로 가기 위해 메콩강을 건너고 있었다.

그녀가 검은 승용차 안으로 들어간다. 차 문이 다시 닫힌다. 희미한 나른함이, 일종의 피로가 갑자기 온몸에 퍼지고 강 위의 빛이 흐려지면서 보일 듯 말 듯하다. 가볍게 귀가 먹먹해지고 사방에 안개가 퍼진다.

나는 더 이상 원주민용 버스를 타지 않을 것이다. 앞으로는 리무진이 나를 학교에 데려가고 기숙사에 데려다줄 것이다. 나는 시내에서 가장 고급스러운 장소에서 저녁을 먹을 것이다. 그리고 항상 그곳에서, 내가 행한 모든 것, 내가 포기한 모든 것, 좋은 것이든 나쁜 것이든 내가 취한 모든 것을, 버스를, 나와 늘상 우스갯소리를 하던 버스 기사를, 뒷자리에 앉아 후추 담배를 씹어 대던 할머니들을, 짐 선반에 앉은 어린애들을, 사덱의 가족을, 사덱의 가족에 대한 혐오를, 그들의 놀라운 침묵을, 그 모든 것을 아쉬워할 것이다.

그가 말했다. 파리에 진저리가 난다고, 그 감탄할 만한 파리 사람들, 결혼식, 난장판, 맙소사, 카페 라 쿠폴, 카페 라 로통드, 나는 로통드가 더 좋아요, 나이트클럽들, 이 년 동안 지속했던 그 '희한한' 생활에 진저리가 난다고 말했다. 그녀는 백만장자다운 부유함을 드러내는 그의 이야기를 주의 깊게 들었다. 그는 계속해서 말했다. 어머니는 죽었고, 그는 외아들이라고 했다. 그래서 그는 아버지 재산의 유일한 상속자였다. 그런데 어떻게 된 일인지 아시겠나요, 아버지는 십 년 전부터 아편 때문에 강변에서 꼼짝도 하지 않고 일도 하지 않았어요. 그래서 아버지가 아편 침대에서 나오지 않은 후로는 내가 아버지의 재산을 관리하고 있죠. 그녀는 짐작하겠다고 말한다.

그는 자기 아들이 사덱의 근무지에 사는 어린 백인 창녀와 결혼하는 것을 반대하게 된다.

그가 뱃전에 있던 백인 소녀에게 접근하기 전에, 검은 리무진에서 내려 그녀에게 다가가기 시작하고 그녀도 그것을 알고 있던 때 전에, 그가 두려워하고 있다는 것을 소녀도 알고 있던 순간 훨씬 이전에 그 장면은 시작된다.

첫 순간부터 그녀는 그 어떤 것, 다시 말해 그가 그녀의 마음대로 움직이리라는 것을 안다. 그러니 만약에 기회가 생기면 다른 일들도 그녀가 원하는 대로 이루어질 것임을 안다. 또 그녀는 다른 어떤 사실도, 언젠가 그녀가 자신이 지니고 있는 그 어떤 책임을 더 이상 피할 수 없는 때가 닥치리라는 것도 안다. 그 문제에 대해서는 어머니가 아무것도 알아서는 안 되며 큰오빠나 작은오빠도 마찬가지임을, 그날, 그녀는 그런 사실까지 깨닫는다. 검은 승용차에 타는 순간 그녀는 그 사실을 깨달았고, 처음으로 그리고 영원히 가족으로부터 떨어져 나오는 것이다. 그들에게서 그녀를 빼앗아 가도, 그녀를 데려가 버려도, 그녀에게 상처를 주고 그녀를 망쳐 버려도 그들은 더 이상 그 사실을 알아서도 안 될 것이다. 어머니도, 큰오빠나 작은오빠도. 이제부터 그것은 그들의 운명일 것이다. 검은 리무진 안에서 그 사실을 생각하며 어느새 울고 싶은 심정이 된다.

이제 소녀는 이 남자와 함께, 그녀의 첫 번째 남자, 나룻배에서 자기소개를 했던 이 남자와 함께 할 일이 있을 것이다.

그날은 매우 빨리 닥쳐서, 어느 목요일이었다. 그는 날마다 학교에 와서 그녀를 기숙사에 데려다 주었다. 그러더니 한번은 어느 목요일 오후 기숙사로 찾아왔다. 그리고 그녀를 검은 승용차로 데려갔다.

그곳은 촐론9)에 있다. 중국인 마을과 사이공 시내를 연결하는 주택가의 맞은편으로, 전차, 인력거, 자동차 등이 물결치듯 줄줄이 달리는 미국식 넓은 차도가 있다. 이른 오후다. 그녀는 기숙사의 정해진 산책 시간에 살짝 빠져나왔다.

시내 남쪽에 있는 집. 현대식 외양에다 그럴싸한 가구들로 꾸미긴 했지만 얼핏 보기에도 서둘러 실내 장식을 해 놓은 느낌이다. 그가 말한다. 내가 고른 가구들이 아니에요. 단칸 아파트 안은 어두우나 그녀는 덧창을 열라고 말하지 않는다. 아주 뚜렷한 어떤 감정도, 증오심도, 혐오감도 없이, 아마도 어느새 욕망이 고개를 든다. 그러나 그녀는 그런 문제에 무지하다. 그 전날 밤, 그가 그녀에게 집에 가자는 제안을 했을 때 그녀는 선뜻 승낙했다. 그녀는 지금 있어야 할 곳에 옮겨진 것이다. 그녀는 가벼운 두려움을 느낀다. 이 일은 그녀가 기다리고 있는 것뿐 아니라 이런 경우에 그녀에게 일어날 어떤 반응과도 관계가 있는 것 같다. 그녀는 외부의 것에, 빛에, 방이 잠겨 들어간 마을의 소음에 신경을 곤두세운다. 그는, 그는 떨고 있다. 마치 그녀가 말하기를 기다리는 것처럼 그녀를 바라보고만 있지만 그녀는 말하지 않는다. 그러자 그는 더 움직이지 않고 그녀의 옷을 벗기지도 않으며 다만 그녀를 사랑한다고, 미친 사람처럼 사랑한다고, 아주 낮은 소리로 말한다. 그러고 나

---

9) 베트남 최대의 차이나타운.

서 침묵한다. 그녀는 대답하지 않는다. 그를 사랑하지 않는다고 말할 수도 있었다. 그녀는 아무 말도 하지 않는다. 불현듯 그녀는 거기서, 그 순간, 그는 자기를 알지 못하고 앞으로도 결코 알 수 없을 것이며 그만 한 퇴폐를 인식할 능력이 없음을 안다. 그녀를 붙잡기 위해서는 너무나도 많은 우여곡절을 겪고 치러야 하는데 그는 결코 해낼 수 없을 것임을. 오직 그녀만이 알 뿐이다. 그녀는 안다. 그는 모른다는 사실을 인식하자 그녀는 문득 깨닫는다. 나룻배에서 이미 그가 그녀의 마음을 끌었음을. 그가 마음에 든다. 이제 모든 것이 그녀에게 달렸을 뿐이다.

그녀가 그에게 말한다. 당신이 날 사랑하지 않는다면 좋겠어요. 날 사랑한다 해도, 다른 여자들을 대할 때처럼 해 주세요. 그는 불안한 표정으로 그녀를 바라보고, 묻는다. 그게 당신이 원하는 건가요? 그녀는 그렇다고 말한다. 그곳, 그 방 안에서, 처음으로 그는 괴로워하기 시작했고, 그 점에 관해서 더 이상 거짓말을 하지 않는다. 그는 그녀가 결코 자기를 사랑하지 않을 것임을 이미 안다고 말한다. 그녀는 그가 말하도록 내버려 둔다. 먼저, 모르겠다고 말한다. 그러고는 그가 말하도록 내버려 둔다.

그는 외롭다고, 그녀에 대한 사랑 때문에 처참하리만큼 외롭다고 말한다. 그녀 역시 외롭다고 말한다. 무엇 때문인지는 말하지 않는다. 그가 말한다. 아무나 따라가듯 여기까지 날 따라온 거군요. 그녀는 알 수 없다고, 지금까지 아무하고도 방에까지 가 본 적이 없노라고 말한다. 그리고 아무 말도 말아 달라고, 그냥 늘 하던 것처럼, 독신자 아파트로 데려오는 다른 여자들을 다루듯 행동해 달라고 말한다. 그런 식으로 대해 달라고 간청한다.

그는 원피스를 낚아채듯 벗겨 내던지고, 작고 하얀 면 속치마까지 벗긴 후 그렇게 알몸이 된 그녀를 안아 침대로 데려간다. 그러더니 그는 침대의 다른 쪽으로 돌아누워, 운다. 이제 그녀가, 천천히, 침착하게 그를 자기 쪽으로 돌려 눕히고 그의 옷을 벗기기 시작한다. 두 눈을 감고서, 그렇게 한다. 천천히. 그가 그녀를 거들어 주려고 한다. 그녀는 그에게 가만히 있어 달라고 말한다. 내가 하도록 내버려 둬요. 그녀는 자신이 하고 싶다고 말한다. 그녀가 한다. 그녀가 그의 옷을 벗긴다. 그녀가 부탁하자 그는 침대에서 몸을 돌린다, 아주 살짝, 아주 가볍게, 마치 그녀를 깨우지 않으려는 듯이.

살갗은 놀랄 만큼 부드럽다. 몸. 몸은 마르고 힘이 없으며 근육도 없는 것이 어쩌면 병에 걸렸다가 지금은 회복기인지도 모르며 그의 몸에는 털도 없고 성기를 제외하면 남성적인 데가 없이 너무나도 나약해서 어떤 모욕에도 어쩌지 못하고 고통스러워할 것만 같다. 그녀는 그의 얼굴을 바라보지 않는다. 그녀는 그를 보지 않는다. 그녀는 그를 만진다. 성기의, 살갗의 부드러움을 만지고 그 금빛을, 그 미지의 새로움을 어루만진다. 그는 신음하고 눈물을 흘린다. 그는 가증스러운 사랑에 빠져 있다.

그는 울면서 한다. 처음에는 고통이다. 이후 그 차례가 지나자 고통은 변해 가고, 천천히 사그라들더니 쾌락으로 빨려 들어가, 그녀를 감싼다.

형체가 없는 바다, 비길 데조차 없는 그 바다.

이미, 나룻배 위에서부터, 이런 시간이 오기 전부터, 그 장면은 이 순간과 통하고 있었는지도 모른다.

기운 양말을 신은 여자의 모습이 방을 가로질러 갔다. 그녀는 마치 어린아이처럼 나타났다. 아들들은 이미 알고 있었다. 딸은, 아직 몰랐다. 이후 그들은 결코 어머니에 관해서, 그들이 알고 있는 그 일에 대해서, 그들을 그녀와 떼어 놓은 그 일, 어머니가 어린 시절 겪은 최후의 그 결정적인 일에 대해서 절대로 함께 얘기하지 않을 것이다.

어머니는 향락을 맛보지 못했다.

출혈을 했다는 사실을 나는 몰랐다. 그는 아팠느냐고 묻고, 나는 아니라고 대답하며, 그는 다행이라고 말한다.

그가 피를 닦아 내고 나를 씻긴다. 나는 그런 그를 바라본다. 그가 서서히 다시 돌아오더니, 다시 욕망에 사로잡힌다. 나는 어떻게 해서 내가 그처럼 어머니가 금했던 행동을 할 용기를 갖게 되었는지 자문해 본다. 이렇게 담담히, 이렇게 분명한 태도로. 어떻게 나는 '이성의 밑바닥'까지 치닫기에 이르렀을까.

우리는 서로를 바라본다. 그가 내 몸을 끌어안는다. 그는 나에게 왜 왔느냐고 묻는다. 나는 그렇게 할 수밖에 없었다고, 일종의 의무 같은 것이었다고 말한다. 우리가 이야기를 나눈 것은 그것이 처음이다. 나는 그에게 큰오빠와 작은오빠가 있다고 이야기한다. 우리 집에는 돈이 없다고 한다. 그 밖에는 입을 다문다. 그는 큰오빠를 안다. 아편 끽연실에서 만났다. 나는 큰오빠가 아편을 피우러 가기 위해 어머니의 돈을 훔치고 하인들의 돈도 훔치며 끽연실 지배인들이 어머니를 찾아와서 돈을 요구한다고 말한다. 나는 그에게 수로 위 방파제에 관해서 얘기한다. 머잖아 어머니는 죽을 것이고 그러면 그 일도 더는 계속될 수 없다고 말한다. 제발이지 눈앞에 다가온 어머니의 죽음이 오늘 나에게 일어난 이 일과도 상관이 있었으면.

나는 내가 그를 갈망하고 있음을 깨닫는다.

그는 나를 동정하고, 나는 아니라고, 동정받을 사람이 아니라고, 누구나 그렇다고 말한다. 우리 어머니만 제외하고는. 그가 나에게 말한다. 내게 돈이 있으니까 나를 따라온 거지. 나는 그의 돈과 함께 그 자신도 원한다고, 내가 그를 보았을 때 그는 이미 그 값비싼 리무진을 타고 있었고, 만약에 그가 다른 모습이었다면 어떻게 했을지는 알 수 없다고 말한다. 그가 말한다. 너를 데려가고 싶어. 너와 함께 떠나고 싶어. 나는 고통으로 죽어 가는 어머니 곁을 아직은 떠날 수 없다고 말한다. 그는 나와 떠나진 못하더라도 나에게 어쨌든 돈을 주겠다고, 걱정하지 않게 해 주겠다고 말한다. 다시 한번 그는 침대에 길게 드러눕는다. 다시 한번 우리는 침묵한다.

도시의 소음은 매우 시끄러워서 기억 속에서는, 너무 크게 틀어 놓아 귀를 먹먹하게 만드는 영화 소리 같다. 나는 지금도 또렷이 기억한다. 우리는 아무 말이 없고 어두운 그 방은 끊임없이 들려오는 도시의 소음에 둘러싸여, 도시 안에 파묻혀, 도시라는 기차 안에 실려 있음을. 창문에는 유리가 없고, 발과 덧창만이 있다. 햇빛을 받으며 보도를 오가는 사람들의 그림자가 발 위에 어른거린다. 늘 사람들이 정말 많았다. 덧창 때문에 그림자들에도 줄무늬가 났다. 나막신 딸그락거리는 소리가 머릿속을 때리듯 울리고 목소리들은 날카로우며 내게 중국어는 소리를 지르며 말하는 언어, 사막의 언어 같고 믿을 수 없을 만큼 이상야릇하다.

밖은 하루가 끝나는 시각이다. 사람들의 목소리로, 점점 많아지고 뒤섞이는 통행인들의 발걸음 소리로 그 사실을 알 수 있다. 밤이 되면 흥청거리는 환락의 도시다. 그리고 이제 석양과 함께 밤이 시작된다.

침대는 면으로 만든 발과 여러 개의 문살로 이어진 덧창에 의해 도시와 분리된다. 어떤 딱딱한 물질이 우리와 다른 사람들을 차단하는 것은 아니다. 그들은, 그들은 우리가 안에 있다는 것을 모른다. 우리는, 우리는 그들의 어떤 것을, 그들의 목소리 전체를, 그 움직임을, 마치 메아리도 없이 슬픈 여운을 남기며 사라지는 기적 소리처럼 느낀다.

캐러멜, 철판에 굽는 땅콩, 중국 수프, 구운 고기, 허브와 재스민, 먼지, 향, 목탄 냄새가 방 안으로 스며들고 숯불이 바구니로 옮겨져 거리에서 팔린다. 도시의 냄새는 촌락이나 숲의 향기와 비슷하다.

문득 검은 실내복을 입은 그의 모습이 보였다. 그는 앉아서 위스키를 마시며 담배를 피우고 있었다.

그는 내가 잠이 들어서 샤워를 했다고 말했다. 졸음이 엄습했던 기억이 희미하게 났다. 그는 낮은 테이블 위에 놓인 램프에 불을 켰다.

이 남자는 이런 일을 흔히 해 왔구나. 문득 나는 그에 관해서 생각해 본다. 자주 이 방에 왔음이 틀림없는, 사랑을 많이 나눠 본 남자, 무서움을 타는 남자, 그 무서움을 극복하기 위해 사랑을 나누는 것이 틀림없다. 그에게 여자가 많고, 그 여자들 중 하나가 되어 뒤섞인다는 생각을 하면 재미있다고 나는 말한다. 우리는 서로 바라본다. 그는 내가 방금 한 이야기를 이해한다. 그의 시선이 갑자기 변한다, 초점을 잃고, 고통과 죽음 속에 빠진다.

나는 그에게 가까이 오라고, 와서 나를 품에 안고 다시 시작해야 한다고 말한다. 그가 다가온다. 그에게서는 영국제 담배의 향긋한 냄새가, 비싼 향수와 꿀 냄새가, 실크 실내복을 걸친 살갗에선 실크의 향내가, 황금의 내음이 나고 그는 나의 욕망을 불러일으킨다. 나는 그를 갈망한다고 말한다. 그는 좀 기다리라고 한다. 자신은 즉시 깨달았다고, 강을 건너던 그때부터 알았다고, 내가 그렇게 첫 연인이 될 것이고 사랑을 즐길 것을 알았다고, 그를 배신할 것이고 그런 식으로 모든 남자를 배신할 것을 알았다고 말한다. 자기로 말할 것 같으면 그 자신의 불행을 만드는 도구였을 뿐이라고 덧붙인다. 나는 그가 나에게 예고한 그 모든 이야기에 행복해져서 그에게 그런 느낌을 얘기해 준다. 그는 거칠어지고 절망에 빠져 나를 덮치고, 내 어린 젖가슴을 물고 소리를 지르고 욕설을 퍼붓는다. 강렬한 쾌락에 나는 두 눈을 감는다. 생각한다. 이 사람은 경험이 많구나. 날마다 하는 일이란 사랑, 오직 그것뿐이구나. 손길이 능란하고, 감미롭고, 완벽해. 난 운이 좋아, 이건 확실해. 이 사람은 마치 전문가 같아. 본인은 미처 모르는 채 해야 할 것, 말해야 할 것을 정확히 해내고 있어. 내가 자기의 유일한 사랑이라고 말하면서 나를 창녀처럼, 지저분한 여자처럼 다루고 있어. 그는 그렇게 말해야 해. 말도, 몸도 마음대로 두라고 얘기했을 때, 그가 원하는 것을 찾고 발견하고 마침내 손에 넣었을 때, 우리는 그렇게 말해야 해. 그럼 전부 다 좋은 거야. 아무런 찌꺼기도 없어. 찌꺼기들은 뒤덮이고 모든 것이 거센 물결, 욕망의 힘 속으로 흘러가는 거야.

도시의 소음이 너무나도 가까이에서 들려 마치 덧창의 나무 살들에 부딪혀 비벼 대는 것 같다. 사람들이 방 안을 가로질러 가는 것처럼 들린다. 나는 그런 소리 속에서, 그런 발소리 속에서 그의 몸을 애무한다. 바다, 모였다가 멀어지고 다시 가까워지는 그 광대함.

나는 그에게 다시, 또다시 해 달라고 요구했었다. 해 주세요. 그는 그렇게 했었다. 피가 들끓는 속에서 그렇게 했었다.

그리고 정말로 거의 죽을 지경에까지 이르렀었다. 거의 죽을 지경까지 이르렀다.

그는 담배에 불을 붙이더니 나에게 건네었다. 그리고 내 입술 가까이에 대고 아주 낮게 말했다.

나도 아주 낮은 목소리로 그에게 말했다.

그는 그 자신에 대해서 모르기 때문에 내가 그의 입장이 되어, 그를 위해 말한다. 그는 자신 안에 본질적인 우아함이 있음을 모르기 때문에 내가 그를 위해 이야기해 준다.

이제 밤이 내려앉기 시작한다. 그는 내가 일생을 두고 이날 오후를 기억하게 될 것이라고, 비록 그의 얼굴, 그의 이름까지 잊어버리더라도 이 오후만은 기억하리라고 말한다. 나는 내가 이 집도 기억할 것 같으냐고 묻는다. 그가 나에게 말한다. 잘 봐 둬. 나는 집을 바라본다. 어디에서나 볼 수 있는 집이라고 말한다. 그래, 맞아, 언제나 볼 수 있는 거지 하고 그가 말한다.

지금도 나는 그 얼굴을 다시 보고, 그 이름을 기억한다. 흰 벽들, 큰 화덕 쪽에 쳐 놓은 목면 발, 다른 방과 탁 트인 야외 정원(그 안의 초목들은 더위로 말라 죽었다.)으로 통하는 아치형 문, 정원을 둘러싼 푸른 난간들, 메콩강을 향한 계단식 테라스들이 있는 사덱의 커다란 별장 같은 그 집을 나는 아직도 본다.

난파선 같은, 비탄의 장소다. 그는 나에게 무슨 생각을 하는

지 말해 달라고 한다. 나는 어머니 생각을 하고 있는데, 만약 어머니가 이 사실을 안다면 나를 죽일 것이라고 말한다. 나는 그가 자신을 억제하려 애쓰는 것을 보고, 이윽고 그는 어머니가 하고 싶은 얘기를 이해할 수 있다고 말한다. 이런 걸 수치라고 생각하는 거지. 결혼을 하게 될 경우 감당할 수 없을 것이라고 말한다. 나는 그를 본다. 그도 나를 보더니 자부심이 담긴 목소리로 용서를 구한다. 그리고 말한다. 나는 중국인이야. 우리는 미소 짓는다. 나는 그에게 지금 우리가 느끼는 것처럼 슬픈 감정이 드는 것이 자연스러운 일이냐고 묻는다. 그는 우리가 낮에, 가장 더운 순간에 사랑을 나누었기 때문에 그렇다고 대답한다. 끝나고 나면 항상 비참한 것이라는 말도 덧붙인다. 그는 미소를 짓는다. 그가 말한다. 서로 사랑하든 사랑하지 않든, 항상 비참해. 그는 이제 곧 밤이 될 텐데 밤이 오면 그런 감정은 사라질 거라고 말한다. 나는 그에게 이 슬픔은 꼭 낮 동안의 정사 때문만이 아니라고, 그가 틀렸다고, 나는 지금 내가 줄곧 기다려 온 슬픔에, 오직 나 자신에게서 기인하는 그런 슬픔에 빠져 있다고 말한다. 나는 언제나 아주 슬펐다고. 내가 아주 꼬마였을 때 찍은 사진에서도 그 슬픔을 알아볼 수 있다고. 오늘의 이 슬픔도 내가 항상 느끼던 것과 같기 때문에, 너무나도 나와 닮았기 때문에 슬픔에 내 이름을 붙일 수도 있을 것 같다고. 오늘 이 슬픔은 나의 안온함이라고, 어머니가 사막과도 같은 자기 삶 속에서 울부짖을 때 항상 나에게 예고하는 불행 속으로 떨어지고 마는 나의 안온함이라고. 나는 그에게 말한다. 어머니 말을 확실히 이해할 수는 없지만 이 방이 바로 내가 기다리던 것이라는 건 알겠어요.
나는 대답을 기다리지 않고 계속 말한다. 어머니는 마치 신의
사자(使者)나 되는 것처럼 당신이 생각하는 것을 악을 쓰며 말
한다고. 어머니는 그 어떤 사람에게도, 그 어떤 신에게도, 그
어떤 것에도 결코 기대해서는 안 된다고 고함을 친다고 그에
게 말한다. 그는 말하고 있는 나를 바라보고 나에게서 눈을
떼지 않으며 내 입을 바라본다. 나는 알몸이다, 그는 나를 애
무한다, 어쩌면 내 이야기를 안 듣고 있는지 모른다, 아무것도
모르겠다. 나는 그에게 개인적인 문제들이 있긴 하지만 그 때
문에 불행해졌다고 생각하는 건 아니라고 말한다. 다만 어머
니의 월급만으로 먹고 옷을 걸치고 요컨대 살아 나가는 것이
얼마나 어려운 일인가를 얘기한다. 점점 말하기가 힘들어진
다. 그가 묻는다. 그래서 당신 가족들은 어떻게 했지? 나는 우
리 모두가 밖으로 나돌았다고, 가난이 우리 집의 네 벽을 허
물어뜨려 버렸기 때문에 모두들 집 밖에서 맴돌았다고, 각자
가 원하는 대로 행동하면서 떠돌았다고 대답한다. 방탕아들
이었어. 그래서 지금 내가 당신과 함께 여기 있는 거고. 그는
다시 나를 안는다. 그는 다시금 욕망에 빠져 들어간다. 우리는
그렇게, 꼼짝 않고, 밖에서 들려오는 도시의 소란 속에 뒤섞여
신음하며 머문다. 우리는 그 소리를 듣는다. 그러다가 더 이상
듣지 않는다.

온몸에 퍼붓는 입맞춤이 나를 울게 만든다. 그 입맞춤이
위로하고 있는 것처럼 여겨진다. 가족들과 함께 있을 때 나는

울지 않는다. 그날 그 방 안에서 눈물은 과거를 달래 주었고, 미래 역시 달래 주었다. 나는 그에게 언젠가 나는 어머니와 헤어질 것이라고, 언젠가는 어머니에게 더는 사랑을 품지 않을 것이라고 말한다. 나는 운다. 그는 내 몸에 고개를 두고, 울고 있는 나를 바라보며 함께 운다. 나는 그에게 내 어린 시절 내내 어머니의 불행이 꿈의 자리를 대신 차지하고 있었다고 말한다. 꿈은 바로 어머니였다고, 크리스마스트리마저 단 한 번도 없었고, 오직 어머니만이 있었다고, 가난 때문에 산 채로 껍질이 벗겨진 어머니, 아니면 어떤 상태에서든 사막에서 말하는 어머니, 혹은 식량을 구하러 뛰어다니는 어머니, 마리 르그랑 드 루베에게 생긴 일을 끝도 한도 없이 이야기하는 어머니, 자신의 결백함에 대해서, 재정 상황에 대해서, 자신의 희망에 대해서 말하는 어머니만이 있었다고.

덧창 너머로 저녁이 찾아왔다. 소음은 더욱 높아 갔다. 그 소음은 더 커지고, 가라앉지 않는다. 붉은 전구를 끼운 가로등들에 불이 켜졌다.

우리는 그 독신자 아파트에서 나왔다. 나는 다시 리본이 달린 남성용 모자를 쓰고 금장식 구두를 신고 생사 원피스를 입고 입술에 짙은 루주를 발랐다. 나는 늙어 있었다. 불현듯 나는 그 사실을 깨닫는다. 그도 안다. 그가 말한다. 지쳤구나.

거리에서는 군중이 모든 방향으로, 서서히 혹은 활기 넘치게 이동하고 지나가는 이들에게 길을 터주는 이 중국인 무리는 마치 버림받은 개들처럼 지저분하고 거지들처럼 맹목적이다. 나는 이제 풍요로운 장면들을 통해, 결코 서두르는 기색 없이 한데 섞여 걷던 그들을, 아무런 행복도 슬픔도 호기심도 없이 혼잡한 무리 속에서 각자 홀로 있는 듯, 어딘가 가고 있는 것 같지도 않고 갈 계획도 없어 보이면서 다만 어슬렁거리기 위해 걷고 있는 것 같은 그들을, 혼자인 동시에 무리에 끼어 있고 항상 모여 있으면서 절대로 홀로 떨어져 있지 않고 그러면서도 늘 무리 속에서 고립된 존재들로 있는 그들의 모습을 문득 다시 보곤 한다.

우리는 여러 층을 쓰는 중국 식당들 중 한 곳으로, 건물들을 통째로 다 차지한 식당들로, 백화점이나 막사처럼 크고 발코니와 테라스가 시내로 활짝 열린 식당으로 간다. 그 건물들에서 들리는 소리는 유럽에서는 상상도 할 수 없는데, 종업원들이 주문을 받고서 주방에 대고 고함을 질러 대면 이번에는 주방 쪽에서 되받아 똑같이 악을 쓴다. 그 식당들 안에서는 아무도 말할 수가 없다. 테라스에는 중국식 오케스트라가 있다. 우리는 가장 조용한 층, 즉 유럽인들을 위한 층, 메뉴는 똑같지만 고함 소리는 덜한 층으로 간다. 거기에는 환기 장치가 있고 소리를 막기 위한 묵직한 벽걸이 천들이 내려뜨려져 있다.

나는 그에게 어떻게 해서 그의 아버지가 부자가 되었는지, 그 방법을 알려 달라고 부탁한다. 그는 돈에 대한 이야기를 하는 것은 지겨운 일이나 내가 기어코 듣고 싶다면 자기 아버지의 재산에 대해 알고 있는 것을 얘기하겠다고 한다. 모든 것은 출론에서, 원주민들을 위한 주택 건설에서 비롯됐다고 한다. 그의 아버지는 집 300채를 지었다. 많은 거리가 그의 아버지 소유다. 그는 악센트가 조금 강한 파리식 프랑스어를 쓰며, 진지하고 쾌활한 투로 돈에 관해서 말한다. 빌딩들을 팔아서 출론 남쪽에 있는 건축 부지를 샀다. 사덱에 있는 논들도 팔렸을 것이라고 덧붙인다. 나는 그에게 전염병에 관해 묻는다. 페스트 때문에 창문과 문 들에 못을 박고 얼마 동안 그 구역 전체가 출입 금지된 거리를 본 적이 있다고 말한다. 그는 이곳에서는 별로 심하지 않은 편이고 미개간지에서는 대대적인 쥐잡기 행사가 자주 열린다고 말한다. 갑자기 그는 아파트들에 대한 이야기를 장황하게 늘어놓는다. 아파트 값은 개인 주택에 비하면 훨씬 싸고 부유층보다는 서민들에게, 인구 밀집 지역에 아주 적합하다는 것이다. 이곳 주민들은, 특히 가난할 경우, 대개가 시골에서 올라온 사람들이기 때문에 밖에서, 길거리에서 생활하는 것을 즐기며 한데 어울려 산다. 그러니 가난한 서민들의 습관을 깨뜨려서는 안 된다. 바로 그 점에 착안해 그의 아버지는 지붕 딸린 회랑이 길을 향한 아파트들을 지었다. 그것이 거리를 더욱 밝고 정감 있게 만들었다는 것이다. 사람들은 낮 동안은 바깥으로 나 있는 회랑에서 시간을 보낸다. 아주 더울 때는 그곳에서 자기도 한다. 나 역시 야외 회랑에서 지내기를 더 좋아했을 것이라고, 어린아이였을 때는 밖에서 잔다는 것이 일종의 꿈처럼 여겨졌었다고 나는 그에게 말한다. 갑자기 고통이 느껴진다. 아주 경미해서 거의 느껴지지 않을 정도다. 그것은 그가 나에게 입힌 생생하고 신선한 상처에서 느껴지는, 빗나간 심장의 고동, 지금 나에게 말하고 있는 이 사람, 오늘 오후 내게 즐거움을 안겨 주었던 이 사람이 나에게 입힌 상처다. 그가 말하는 소리가 더는 들리지 않고, 나는 더 이상 듣고 있지 않다. 그것을 눈치채고 그가 입을 다문다. 나는 그에게 계속해서 말하라고 한다. 그는 그렇게 한다. 또다시 나는 얘기를 듣는다. 그는 파리 생각을 많이 한다고 이야기한다. 그는 내가 파리 여자들과는 정말 다르다고, 훨씬 통명스럽다고 한다. 나는 그에게 아파트 사업은 생각만큼 큰 이익을 주는 일은 아닐 것이라고 말한다. 그는 더 대답하지 않는다.

우리 관계가 계속되는 동안, 거의 일 년 반 동안 우리는 그런 식으로 이야기하게 될 것이고, 한 번도 우리 자신에 대해서는 얘기하지 않을 것이다. 처음부터 우리는 두 사람이 공유하는 미래는 상상할 수 없다는 것을 알고 있었고 그러므로 미래에 대해서는 결코 얘기하지 않을 것이며 신문 기사 같은 것들에 대해서만 얘기를 나눌 것이다. 늘 같은 감정으로.
나는 그가 프랑스에 체류했던 것이 숙명적이었다고 말한다. 그도 시인한다. 그는 파리에서는 모든 것을, 여자도 친구도 지식도 돈으로 샀다고 한다. 그가 나보다 열두 살이 더 많다는 사실이 그를 두렵게 만든다. 나는 그가 말하는 대로, 그가 잘 못 생각하는 대로, 그가 나를 사랑하는 대로, 그에 합당한 동시에 진지한, 일종의 연극적인 감정으로 그의 말에 귀를 기울인다.
그를 우리 가족에게 인사 시키겠다고 말하자 그는 도망치고 싶어 하고 나는 소리 내어 웃는다.

그는 자신의 감정을 빗대어서밖에는 표현하지 못한다. 나는 그가 자기 아버지와 맞서서 나를 사랑하거나, 나를 아내로 맞아들이거나, 나를 데리고 도망칠 용기가 없음을 깨닫는다. 두려움을 넘어 사랑할 힘이 없기 때문에 그는 곧잘 운다. 그의 영웅심, 그것은 바로 나이고 그의 노예근성, 그것은 아버지의 재산이다.

내가 오빠들에 대해 이야기할 때 그는 이미 공포에 질려 마치 가면이 벗겨진 사람 같다. 그는 내 주위 모든 사람이 그가 나에게 청혼하기를 기다린다고 믿는다. 그는 자기가 이미 내 가족의 눈 밖에 났음을, 앞으로도 점점 더 미움의 대상이 될 것임을, 그래서 결국 나도 잃을 것임을 안다.

그는 상업학교에 다니기 위해 파리로 갔다는 사실을 결국 털어놓는다. 그곳에서 공부를 하지 않자 아버지가 생활비를 보내 주지 않았고, 결국 귀국 비행기 표를 받고는 프랑스를 떠나지 않을 수 없었다고 말한다. 그 귀국이 곧 그의 비극이다. 그는 상업학교를 마치지 못했다. 이곳에서 통신 강좌를 들어 졸업할 예정이라고 한다.

우리 가족과의 만남은 촐론에서의 훌륭한 식사와 함께 시작되었다. 어머니와 큰오빠, 작은오빠가 사이공으로 오자 나는 그에게 우리 식구들이 아직 한 번도 가 본 적 없고 알지도 못하는 큰 중국 식당에 초대해야 한다고 말한다.

그런 저녁 식사는 매번 같은 식이다. 큰오빠와 작은오빠는 게걸스럽게 먹기만 할 뿐 단 한 번도 그에게 말을 걸지 않는다. 그를 보지도 않는다. 그들은 그를 볼 수가 없다. 앞으로도 그럴 수 없을 것이다. 그들이 그렇게 할 수 있었다면, 그를 보려고 시도라도 할 수 있었다면, 학교 공부를 할 능력도, 사회생활의 기본 규칙들을 지켜 나갈 능력도 있었을 것이다. 식사를 하는 동안 오직 어머니만이 말을 할 뿐이지만 그래 봤자 겨우 몇 마디로 특히 처음 만났을 땐 식당 음식에 대해, 엄청난 음식 값 등에 대해 이야기하고 나서는 입을 다문다. 처음 두 차례의 만남에서 그는 완전히 물에 빠진 사람 꼴로 애써 파리에서의 모험담들을 얘기해 보지만 허사다. 마치 그가 아무 말도 하고 있지 않은 듯, 그들에게는 마치 아무 소리도 들리지 않는 듯했다. 그의 노력은 침묵 속으로 가라앉아 버린다. 큰오빠와 작은오빠는 계속해서 먹어 대기만 한다. 그들이 먹어 대는 꼴은 이 세상 어느 곳에서도 찾아보기 힘들 정도로 게걸스럽다.

그가 값을 치른다. 돈을 센다. 쟁반 위에 놓는다. 모두가 지켜본다. 첫 번째 식사 때, 내 기억으로 그는 77피아스트르를 지불한다. 어머니는 미친 듯이 웃고 싶은 것을 참는 눈치다. 우리는 그만 자리에서 일어선다. 아무도 고맙다는 말을 하지 않는다. 우리 가족은 아무리 식사 대접을 잘 받아도 결코 고맙다고 하지 않고, 안녕이라든지 잘 가라든지 어떻게 지내냐는 둥의 말도 결코 하는 법이 없다.

큰오빠와 작은오빠는 앞으로도 결코 그에게 말을 건네지 않을 것이다. 마치 그들에게는 그가 투명인간인 것처럼, 그들의 눈에 보이고 그들의 귀에 들리기에는 그의 힘이 너무나 미약한 것처럼. 그런 일들은 바로 그가 나에게 무릎을 꿇었기 때문에, 근본적으로 내가 그를 사랑하지 않고 단지 돈이 필요해서 그와 함께 있는 거라는 인상 때문에, 나는 그를 사랑할 수 없을 것이고 그건 불가능한 일이며 그래서 그는 이 사랑을 만끽하지도 못한 채 내 모든 행동을 다 견뎌야만 하기 때문이다. 또 그것은 그가 중국인이기 때문에, 백인이 아니기 때문이기도 하다. 계속 침묵을 지키거나 내 연인의 존재를 무시하는 큰오빠의 태도는 바로 그런 사실에 대한 확신에서 생긴 것이다. 우리 모두는 내 연인에 대한 큰오빠의 태도를 따라 한다. 나 역시 가족들 앞에서는 그에게 말을 하지 않는다. 그들 앞에서 나는 그에게 절대 말을 걸어서는 안 된다. 그렇지. 가족 대신 그들의 생각을 그에게 전달할 때는 예외다. 예를 들어, 저녁 식사가 끝나고 큰오빠와 작은오빠가 수르스에 가서 술 마시고 춤추고 싶다고 나에게 말하면, 내가 그에게 수르스에 가서 술 마시고 춤추고 싶다고 말한다. 처음에 그는 아무 소리도 못 들은 척한다. 큰오빠의 이론에 따르면 나는 절대로 방금 말한 것을 되풀이해서는, 내 요구를 반복해서는 안 되며 그렇게 하면 그의 불평을 인정하는 실수를 범하는 것이다. 마침내 그가 나에게 대답한다. 친근감을 자아내는 낮은 목소리로, 잠시만이라도 나하고 단둘이 있으면 더 좋을 것 같다고 말한다. 그가 받고 있는 일종의 형벌에 종지부를 찍기 위해서 그런 말을 한다. 그러면 나는 지독한 배신자처럼 그의 말을 못 들은 척한다. 그의 그런 태도가 나름대로 큰오빠의 태도를 비난

하고 일격을 가하려는 것이 되기 때문에 여전히 그에게 대답해서는 안 되는 것이다. 그는 고집스럽게, 감히, 이렇게 말한다. 어머니가 피곤하신가 보군요. 보세요. 사실 어머니는 촐론의 기름진 중국 요리를 먹었기 때문에 나른하고 졸린 표정이다. 그래도 나는 대답하지 않는다. 그럴 때쯤이면 큰오빠의 목소리가, 짧고 매섭고 단호한 한마디가 들린다. 어머니는 항상 큰오빠에 대해서 이렇게 말하곤 했다. 너희 셋 중에서 가장 말을 잘하는 사람은 큰애다. 한마디 하고 나서 큰오빠는 기다린다. 모든 것이 일순간 정지된다. 나는 내 연인의 두려움을 느낀다. 작은오빠의 두려움과 같다. 그는 더 이상 저항하지 않는다. 우리는 수르스에 간다. 어머니도 수르스에 가서, 잠을 잘 것이다.

큰오빠 앞에서는 내 연인으로서의 그가 사라진다. 그의 존재가 사라진다는 것이 아니라, 그는 더 이상 나에게 아무것도 아니다. 그는 불타 버린 장소가 된다. 내 욕망은 큰오빠에게 순종하고, 내 연인을 차 버린다. 두 사람이 함께할 때마다 나는 더 이상 보고 있을 수 없다. 내 연인의 빈약한 육체, 나를 쾌락으로 몰아가곤 하는 그 육체의 빈약함에 문득 정나미가 떨어진다. 큰오빠 앞에서 그의 초라한 육체는 창피한 놀림감이 되고 그 때문에 그와의 관계는 숨겨야만 하는 부끄러움이 된다. 나는 큰오빠의 말 없는 명령들에 대항해 싸울 수가 없다. 작은오빠에 관계되는 일이라면, 큰오빠와 싸울 수 있다. 그러나 내 연인이 관계될 때엔 아무것도 할 수 없다. 그때의 이야기를 하고 있는 지금, 내 앞에는 문득 위선에 찬 얼굴 하나가, 저만치에서 바라보고 있는 어떤 사람의 방심한 얼굴이, 무엇인가 다른 일을 생각하고 있는, 그러면서도 살짝 눈에 띄는 꾹 다문 턱뼈에서 엿보이는, 비싼 식당에서 한번 잘 먹어 보겠다는 그 뻔뻔스러운 행동을, 어찌 보면 자연스러운 짓을 참고 견디지 않으면 안 된다는 사실에 격분하고 괴로워하는 표정이 나타난다. 그 추억의 주위로 사냥꾼의 밤을 비추는 푸르스름한 달빛. 날카로운 호각 소리, 아이의 악쓰는 소리가 들린다.

수르스에서도 마찬가지로, 아무도 그에게 말을 걸지 않는다.
우리는 모두 마르텔 페리에를 주문한다. 큰오빠와 작은오빠는 재빨리 잔을 비우고 두 번째 잔을 시킨다. 어머니와 나는 우리의 술잔을 그들에게 건네준다. 큰오빠와 작은오빠는 금방 취한다. 그들은 여전히 그에게 아무 말도 하지 않고, 자기들끼리 심하게 욕설을 퍼붓는다. 작은오빠가 특히 심하다. 작은오빠는 그곳이 쓸쓸하다고, 시중 드는 아가씨들도 없다고 불평한다. 평일에는 수르스에 손님이 거의 없다. 나는 그와 함께, 작은오빠와 함께 춤을 춘다. 내 연인과도 춤을 춘다. 큰오빠와는 절대로 춤추지 않는다. 큰오빠와 춤춘 적은 한 번도 없다. 일종의 위험한 일이 생길지도 모른다는 야릇한 감정 때문에, 그가 모든 사람에게 건네는 불길한 유혹의 위험, 몸이 서로 맞닿을 수 있는 위험 때문에 그와는 절대로 춤추지 않는다.
큰오빠와 나는 강렬한 그 무엇이, 특히 얼굴이 서로 닮았다.
촐론의 그 중국 남자가 거의 눈물을 글썽이며 내게 말한다.

내가 저들에게 무슨 실수라도 한 건가? 나는 그를 달래며 걱정하지 말라고, 우리 가족은 늘 이렇다고, 지금까지 어떤 상황에서든 늘 이래 왔다고 말한다.

우리가 다시 그의 독신자 아파트에서 만날 때 그에게 설명하리라. 큰오빠의 차갑고 뻔뻔스러우며 난폭한 행동은 우리 가족에게 생긴 일, 우리 가족이 당하고 있는 모든 일들 때문이라고 나는 그에게 말한다. 그가 제일 잘하는 것이 죽이고 범죄를 저지르고 자포자기하고 경멸하고 여자를 쫓아다니고 남을 괴롭히는 일들이라고. 나는 그에게 두려워하지 말라고 말한다. 위험할 건 전혀 없다고. 왜냐하면 큰오빠가 유일하게 두려워하는 사람, 유일하게 큰오빠를 순한 양으로 만들어 버릴 수 있는 사람이 바로 나이기 때문이다.

안녕, 잘 자, 새해 복 많이 받아 등의 인사는 결코 나누지 않는다. 고맙다는 인사도. 전혀 말을 하지 않는다. 말할 필요가 없다. 모두가 말없이, 멀찍이 떨어져 있다. 돌로 된 가족, 어떤 접근도 불가능한 두터운 퇴적물 속에서 화석이 되어 버린 가족이다. 날마다 우리는 자살을, 혹은 살인을 기도한다. 우리는 서로 말을 걸지도 않지만 보지도 않는다. 어쩌다 눈이 마주쳐도 시선을 돌려 버린다. 바라본다는 것은 한순간 그 대상을 향한, 그 대상에 대한 호기심을 갖는다는 것이고 그러니 그것은 전락이다. 누군가를 바라본다고 해서 그 사람이 반드시 그 시선에 합당한 가치를 가지고 있다고 할 수는 없다. 여전히 그는 불명예스러운 사람이다. 대화라는 단어는 허영이다. 이 집에 가장 잘 어울리는 어휘는 수치와 자만심이라고 나는 생각한다. 가족이라는 집단이건 혹은 다른 어떤 집단이건 공동체라는 형태를 한 모든 것은 우리에겐 증오의 대상이자 지저분한 그 무엇이다. 우리 가족은 삶을 살아 나가지 않으면 안 된다는 근원적인 수치심에 빠져 있다. 우리 남매들의 이야기 가장 깊숙한 곳에는, 우리 세 사람이 사회가 목 졸라 죽인 우리 어머니, 저 선량한 여인의 아이들이라는 생각이 깔려 있다. 우리는 어머니를 절망에 빠뜨려 버린 이 사회의 한편에 비켜서 있다. 그토록 다정하고 그토록 남을 쉽게 믿는 우리 어머니에게 사람들이 저지른 짓들 때문에 우리는 삶을 증오하고 우리 자신을 증오한다.

어머니는 자신의 절망적인 인생이 시작되었을 때부터 우리가 어떻게 변할지를 예견하지 못했다. 내가 얘기하고 있는 것은 특히 아들들에 관해서이다. 하지만 설혹 예견했다 할지라도, 이미 어머니 인생사의 일부분이 되어 버린 것을 어떻게 참고 말하지 않을 수 있단 말인가? 어떻게 얼굴을, 시선을, 목소리를 거짓으로 꾸며 낼 수 있단 말인가? 어떻게 사랑을 위장할 수 있었을까? 어머니는 차라리 죽어 버리고 말았을 것이다. 스스로를 제거해 버리기. 그 공동체를 살기 어려운 상태로 흩뜨려 놓기. 큰아들을 두 동생들과 철저하게 격리하기. 어머니는 그러지 않았다. 어머니는 신중하지 못했고 주책스러웠으며 무책임했다. 어머니는 늘 그랬다. 어머니는 그저 살아가기만 했다. 우리 세 아이는 모두, 소위 사랑이라는 것을 넘어 어머니를 사랑했다. 어머니는 침묵을 지킬 수 없는 여자였기 때문에, 숨길 줄도 모르고 거짓말도 할 수 없는 여자였기 때문에, 우리 셋과 너무도 다른 인간이었기 때문에 우리는 어머니를 같은 방식으로 사랑했다.

길었다. 칠 년간 지속되었다. 우리가 열 살이었을 때 시작되었다. 그런 다음 우리는 열두 살이 되었다. 그리고 열세 살이. 그런 다음 열넷, 열다섯 살이. 그리고 열여섯, 열일곱 살이.

그 모든 나이를 거치며, 칠 년간 지속되었다. 그런 다음 마침내 희망은 단념되었다. 희망은 버림받았다. 대양에 대한 시도 역시 버림받았다. 베란다의 그늘 속에서 우리는 시암의 산을, 강렬한 햇빛 속에서 아주 어두운, 거의 검게 잠긴 시암의 산을 바라본다. 어머니는 마침내 갇힌 채, 차분하다. 우리는 용맹하고도 절망에 빠진 아이들이다.

작은오빠는 베트남이 일본 식민지였던 1942년 12월에 죽었다. 나는 1931년에 두 번째 바칼로레아 시험을 치른 후 사이공을 떠났었다. 십 년 동안 그는 딱 한 번 내게 편지를 썼다. 지금도 나는 그 이유를 모른다. 그 편지는 상투적이었고 글씨도 반듯반듯한 것이, 다시 베껴 쓴 듯 오자 하나 없었다. 식구들은 모두 잘 지내며 학교도 별일 없다는 내용이었다. 두 페이지를 빼곡히 채운 긴 편지였다. 나는 어릴 적 그의 글씨체를 알아보았다. 또 그는 아파트가 있으며 차도 한 대 있는데 차종은 무엇이라는 둥의 이야기도 덧붙였다. 그리고 테니스를 다시 친다는 것도. 잘 지내고 있으며 만사가 잘되어 간다는 이야기였다. 나를 무척 사랑하며, 내게 키스를 보낸다고도 썼다. 그는 전쟁에 대해서나 형에 대해서는 한마디도 하지 않았다.

어머니가 그랬듯 나는 종종 두 오빠를 하나로 뭉뚱그려 우리 오빠들이라고 말하고 어머니는 남들에게 우리 아들들이라고 하곤 했다. 어머니는 언제나 교만한 말투로 두 아들의 힘에 대해 자랑했다. 외모에 대해서는 상세히 말하지 않았고 큰아들이 둘째보다 훨씬 더 힘이 세다는 이야기도 하지 않았으며 그저 큰아들이 프랑스 북부에서 농사를 짓는 당신의 오빠들처럼 튼튼하다고 이야기할 뿐이었다. 어머니는 오빠들을 자랑스러워한 만큼이나 두 아들의 건장함에 자부심을 느꼈다. 큰오빠가 그랬듯 어머니는 나약한 남자들을 멸시했다. 졸론의 내 연인을 두고도 어머니는 큰오빠와 똑같이 말했다. 어떤 말들이었는지는 여기에 적지 않겠다. 사막에서나 볼 법한 시체를 가리키는 듯 지독한 표현이었다. 우리 오빠들이라고 나는 말하겠다. 실제로 그렇게 말했으니까. 그 후 작은오빠가 커서 순교자가 되었을 때에야 나는 그들을 다르게 불렀다.

우리 집에는 잔치도, 크리스마스트리도, 수놓은 손수건도, 꽃도 없었다. 그뿐 아니라 죽은 사람도, 묘지도, 그와 관련된 기억도 없다. 오직 어머니만이 유일하게 존재한다. 큰오빠는 영원히 살인자로 남을 것이다. 작은오빠는 큰오빠로 인해 죽을 것이다. 나는 떠났고, 그들에게서 빠져나왔다. 죽을 때까지 큰오빠는 어머니를 독차지했다.

그 시절 어머니는 출론에 대해, 그 환영에 대해, 내 연인에 대해 발작적인 광기를 일으키곤 했다. 어머니는 출론에서 일어난 일에 대해서는 아무것도 몰랐다. 그러나 나는 어머니가 나를 관찰한다는 것을, 무언가를 어렴풋이 짐작하고 있다는 것을 안다. 어머니는 딸을, 당신 아이를 잘 알고 얼마 전부터 그 아이 주위에 이상야릇한 분위기가 감돌며 최근 들어 부쩍 행동을 조심하는 것을, 말투가 평소보다 더 느릿느릿함을, 모든 것에 강렬한 호기심을 내보이는 동시에 방심해 있는 것을, 눈빛이 달라졌음을, 어머니를 관찰하는 자, 그 불행을 관찰하는 자가 되었음을 안다. 나는 어머니의 인생에 일어난 급작스러운 공포다. 딸은 아주 큰 위험에 처한다. 영영 결혼도 못 하고 영원히 사회에 발붙이지 못하며 타락해서 사회에서 속수무책으로 고독해질 것이다. 갑작스레 이런 공포에 휩싸인 어머니는 나에게 달려와 방에다 나를 가두고 주먹으로 후려치고 따귀를 때리고 옷을 벗기고 내 몸과 속옷 냄새를 맡아 보더니 중국 남자의 향수 냄새가 난다고 말하며 한술 더 떠 속옷에 수상한 얼룩이 있나 살펴보기까지 하더니 온 도시에 다 들리도록 내 딸년은 창녀라고, 밖으로 내쫓아 버리겠다고, 차라리 딸애가 죽는 것을 보는 게 낫겠다고, 이젠 아무도 딸을 원하지 않을 것이라고, 가문을 더럽힌 개보다도 못한 것이 되었다고 고함친다. 울면서 말한다. 이 애를 도대체 어떻게 해야 한단 말인가. 이곳을 더 더럽히지 못하도록 쫓아내는 수밖에 없어.

내가 갇혀 있는 방 벽 너머에는 큰오빠가 있다.

동생을 때린 건 잘하신 거라고 말하는 그의 목소리는 부드럽고 은밀하고 다정하며, 어떻게 해서라도 진실을 알아내야만 한다고, 여동생이 신세를 망치고, 그래서 어머니가 절망하는 것을 예방하기 위해서 진실을 알아내야만 한다고 어머니에게 말한다. 어머니는 온 힘을 다해 나를 때린다. 작은오빠는 어머니에게 누이를 그냥 내버려 두라고 소리친다. 그는 정원으로 가서 숨는다. 그러다 내가 죽을까 두렵고, 낯선 사람 같은 형이, 항상, 두렵다. 작은오빠의 두려움이 엄마를 진정시킨다. 어머니는 자신의 삶과, 몸을 망친 딸의 불행 때문에 운다. 나도 어머니를 따라 운다. 나는 거짓말을 한다. 아무 일도 없었다고, 단 한 번의 키스도 없었다고, 내 목숨을 걸고 맹세한다고 소리친다. 엄마는 내가 중국 사람과, 그렇게 못생기고 허약한 중국 사람과 어떻게 그런 짓을 할 수 있다고 생각해? 나는 큰오빠가 문밖에 꼼짝 않고 붙어 서서 엿듣고 있다는 것을 알고 있다. 그는 어머니가 무슨 짓을 하고 있는지를, 여동생이 알몸으로 매를 맞고 있음을 안다. 내가 계속 매를 맞아 위험한 순간에 다다르기를 원했을 것이다. 어머니도 큰오빠의 그 모호하고도 끔찍한 의도를 모르지는 않았을 것이다.

우리는 아직 아주 어리다. 오빠들은 정기적으로 이렇다 할 이유 없이 싸움을 벌이곤 했고 큰오빠는 상습적으로 작은오빠에게 화를 내며 말한다. 나가. 거추장스러운 녀석아. 그리고 말을 끝내자마자 그를 때린다. 그들은 말없이 서로 치고받고 그들의 숨소리, 신음 소리, 둔탁한 주먹 소리만이 들려올 뿐이다. 어머니는 언제나 오페라의 한 장면처럼 함께 고함을 지른다.

그들은 이런 처참하고 살인적인 분노 능력을, 형제 사이, 자매 사이, 그리고 어머니들 말고는 어느 곳에서도 본 적이 없는 분노를 똑같이 타고났다. 큰오빠는 마음대로 악을 행할 수 없어서, 여기서뿐만 아니라 다른 데에서도 악을 휘두를 수 없어서 고통스러워한다. 작은오빠는 형의 그 끔찍한 성격에, 그 공포에 무력하다.

두 사람이 싸울 때 우리는 저러다 둘 다 죽지나 않을까 하는 공포에 사로잡히곤 했고 어머니는 둘은 항상 다툰다고, 한 번도 같이 놀지 않고 다정하게 이야기를 나눈 적도 없다고 말하곤 했다. 그들이 나눠 가진 공통점이라고는 같은 어머니, 같은 누이, 같은 핏줄이라는 것 외엔 아무것도 없었다.

내 생각에 어머니는 오직 큰아들만 내 아가라고 불렀다. 어머니는 이따금 큰오빠를 그런 식으로 부르곤 했다. 나머지 두 아이들은 밑의 애들이라고 불렀다.

이 모든 것에 대해 우리는 다른 사람들에게 한마디도 입 밖에 내지 않고, 먼저 우리 삶의 원칙, 즉 우리의 불행에 대해 침묵하는 것을 배웠다. 그러고는 다른 것들에 대해서도 입을 다물었다. 첫 번째 고백을 듣는 사람들은 우리의 연인들로, 근무지 밖에서 만날 때, 처음엔 사이공 거리에서, 다음에는 정기 여객선에서, 기차에서, 그 후에는 아무 곳에서나, 우리는 속내 이야기를 무한정 풀어 놓는다.

  그것은 갑자기, 늦은 오후에, 특히 건기에 들이닥쳐서 어머니는 청소하기 위해, 깨끗이 하기 위해, 상쾌하게 하기 위해서라며 집 안을 구석구석 닦기 시작한다. 우리 집은 제방 위에 있어서 정원과 뱀, 전갈, 불개미, 혹은 계절풍의 거친 회오리바람에 뒤이은 메콩강의 홍수로부터 안전하다. 지대가 높아서 양동이로 바닥에 물을 부어 집 안 전체를 깨끗이 씻어 낼 수가 있다. 의자는 모두 탁자 위에 올려지고 온 집 안이 물바다가 되며 작은 응접실의 피아노 다리도 물에 잠긴다. 물은 현관으로 흘러내려 안마당에서 넘친 다음 부엌 쪽으로 간다. 심부름꾼 아이들은 신이 나고, 우리도 아이들과 함께 물장난을 치고는 마르세유 비누로 바닥을 닦는다. 모두가, 어머니도 맨발이다. 어머니가 웃는다. 어머니가 화낼 일은 아무것도 없다. 온 집 안에 비누 향내가, 폭풍 뒤의 젖은 흙에서 나는 촉촉하고 감미로운 냄새가 풍기고 특히 이 냄새는 다른 향기와 섞일 때, 즉 상큼하면서 독한 마르세유 비누 냄새와 빨래 냄새, 순수함의 냄새, 정직함의 냄새, 홑청 냄새, 순백의 냄새, 어머니의 체취, 어머니의 무한한 천진함과 섞일 때 우리를 미칠 듯이 즐겁게 만든다. 물은 오솔길까지 흘러내려 간다. 심부름꾼 아이들의 가족이 몰려오고 그들의 손님들도, 이웃집 백인 아이들도 달려온다. 어머니가 이따금씩 아주 행복해지는 시간, 온 집 안을 대청소하며 모든 것을 잊는 시간이다. 어머니는 그럴 때면 응접실로 가서 피아노 앞에 앉아 외고 있는 유일한 곡조, 사범학교에서 배운 곡조를 친다. 그리고 노래도 부른다. 가끔 장난을 치고 웃기도 한다. 일어나서 노래를 부르며 춤도 춘다. 갑자기 호수, 강가의 들판, 개울, 해변처럼 변한 이 집에서 우리도 행복해질 수 있을지도 모른다고 모두가, 어머니도 그렇게 생각한다.

제일 먼저 명심하는 것은 밑의 두 아이들, 딸과 작은아들이다. 그들은 갑자기 웃음을 그치고 땅거미가 내리는 정원으로 간다.

이 글을 쓰고 있는 지금 이 순간, 집 안을 물로 대청소할 때 큰오빠는 빈롱에 있지 않았다는 것이 문득 생각난다. 그는 로트에가론 지방의 마을 신부였던 후견인 집에 가 있었다.

그도 가끔 웃을 때가 있었지만 우리처럼 자주는 아니었다. 나는 모든 걸 잊는다. 작은오빠와 나, 우리는 잘 웃는 아이들이었음을, 숨이 끊어질 만큼 웃는 그런 아이들이었음을, 나는 잊어 간다.

내게는 전쟁도 어린 시절과 똑같은 색깔로 기억된다. 전쟁 기간은 큰오빠가 군림하던 시기와 혼동된다. 그건 작은오빠가 전쟁 중에 죽었기 때문이기도 하리라. 이미 말했듯이 작은오빠는 심장이 멈췄고 그렇게 잊혔다. 전쟁 동안에는 큰오빠를 한 번도 보지 못한 것 같다. 그가 죽었는지 살았는지는 이미 내게 그다지 중요한 일이 아니었다. 내게 전쟁은 큰오빠와도 같아서 도처에 번지고 침입하고 훔치고 감금하며 모든 것에 섞여 들어 머릿속에도 몸속에도 생각 속에도 존재하고, 깨어 있을 때나 자고 있을 때나 시종일관 제어할 수 없는 취기 같은 욕망에 사로잡혀 사랑스러운 영토 같은 어린아이의 몸을, 나약한 자들이나 패배한 민족들의 육체를 점령한다. 악은 바로 거기에, 우리 피부에 맞닿을 정도로 가까이에 있기 때문이다.

우리는 독신자 아파트로 돌아온다. 우리는 연인이다. 우리는 사랑하지 않고는 도저히 견딜 수가 없다.

때때로 나는 기숙사로 돌아가지 않고 그의 곁에서 잔다. 그의 품에서, 그의 열기 속에서 자고 싶지는 않지만 같은 방, 같은 침대에서 잔다. 가끔 학교도 결석한다. 밤이면 시내로 같이 저녁을 먹으러 간다. 그는 나를 목욕시킨다. 씻기고 닦아 주고 나를 사랑하고, 파우더를 뿌려 주고 옷을 입힌 후 나를 사랑한다. 나는 그가 이 생에서 가장 사랑하는 사람이다. 그는 내가 다른 남자와 만날지 모른다는 끔찍한 불안 속에서 지낸다. 나는 한 번도 그런 불안을 느낀 적이 없다. 그에겐 또 다른 두려움이 있는데, 내가 백인이기 때문이 아니라 너무 어리다는 점, 우리 관계가 남들에게 밝혀지면 그가 감옥에 끌려갈 수도 있을 만큼 어리다는 점이다. 그는 어머니에게, 특히 큰오빠에게 계속 거짓말을 하고, 아무에게도 말하지 말라고도 한다. 그래서 나는 계속 거짓말을 한다. 그가 두려워하는 게 우습다. 나는 그에게 우리 가족은 너무 가난해서 소송을 제기할 형편도 못 되고 어머니가 토지 측량 결과, 행정 관리인, 총독, 법을 상대로 걸었던 소송들이 모두 패소로 끝났으며 어머니는 재판을 할 줄도, 침착하게 이야기할 줄도, 기다리고 또 기다리는 건 더 할 줄 모르며 소리를 질러서 기회를 망쳐 버린다고 말한다. 또다시 소송을 건다 해도 마찬가지일 테니 그가 겁낼 필요는 없다.

마리클로드 카펜터. 미국 여자로, 내 기억으론 보스턴 출신이었다. 매우 맑고 잿빛이 감도는 파란 눈. 1943년. 마리클로드 카펜터는 금발이었다. 젊음이 지나고 이제 막 초로에 접어들었다. 오히려 그래서 더 예쁘게 느껴졌다. 그녀의 미소는 금세 피어올랐다 번개 속에서 빠르게 사그라졌다. 문득 생각나는, 고음이 되면 약간 갈라지는 낮은 목소리. 마흔다섯, 먹을 만큼 먹은 나이였다. 16구, 알마 근처에 살았다. 그녀의 아파트는 센강이 바라다보이는 건물의 넓은 꼭대기 층이었다. 우리는 어느 겨울날 그녀의 집에 저녁을 먹으러 갔다. 여름에는 점심을 먹으러 갔다. 음식은 파리의 최고급 식당에서 포장해 온 것이었다. 언제나 간단한, 약간 부족한 듯한 식사였다. 우리는 그녀를 언제나 집에서만 보았고, 밖에서 본 적은 한 번도 없었다. 가끔 그 집에는 시인 말라르메의 추종자가 와 있을 때도 있었다. 한두 명의 문인들도 종종 있었는데, 딱 한 번 온 후론 다시 볼 수 없었다. 그녀가 어디서 그들을 만났는지, 어디서 그들과 알게 되었는지, 왜 그들을 초대했는지는 알 수 없었다. 나는 그들이 자신들에 대해 말하는 것을 들은 적도 없었고, 그들의 작품을 읽은 적도, 그들이 작품에 대해 이야기하는 걸 들은 적도 없었다. 식사는 오래 걸리지 않았다. 손님들은 줄곧 전쟁에 대해서만, 1942년 겨울이 끝날 무렵, 스탈린그라드에 대해서만 이야기했다. 마리클로드 카펜터는 주로 듣는 편이었고 많은 소식을 접했으며 거의 말이 없다가 종종 그렇게 많은 사건들을 모르고 지냈다는 사실에 놀라며 소리 내어 웃곤 했다. 식사가 끝날 무렵이면 그녀는 이렇게 빨리 자리에서 일어나게 되어 미안하지만 해야 할 일이 있다고 양해를 구하곤 했지만 무슨 일이 있는지는 한 번도 말하지 않았다. 손님이 많을 때면 우리는 그녀가 간 뒤에도 한두 시간 더 눌러앉아 있기도 했다. 그녀는 우리에게 말했다. 마음 놓고 천천히 놀다 가세요. 그녀가 없을 때 그녀에 대해 말하는 사람은 아무도 없었다. 생각해 보면 아무도 그녀를 알지 못했기 때문에 이야기할 수 없었던 건지도 모르겠다. 돌아올 때마다 우리는 언제나 백일몽을 꾼 기분이었고, 모르는 사람 집에서 우리와 똑같이 영문도 모르고 초대된 모르는 사람들과 몇 시간을 보내고 돌아올 때의 야릇한 기분, 다시 말하자면 인간적인 이유도 아니고 그렇다고 별다른 이유도 없이 모여서 전혀 앞날을 예측할 수 없는 그런 한순간을 보낸 기분이었다. 그것은 마치 세 번째 국경을 통과할 때나 기차를 타고 여행을 할 때나 병원, 호텔, 혹은 공항 대합실에서 막연히 기다릴 때와 같은 것이었다. 여름에는 센강이 바라다보이는 널찍한 테라스에서 점심을 먹었고 건물 옥상 정원에서 커피를 마셨다. 거기엔 수영장이 있었다. 수영하는 사람은 아무도 없었다. 우리는 파리를 바라보았다. 텅 빈 거리, 강물, 그리고 골목들. 텅 빈 골목의 만발한 개오동나무들. 마리클로드 카펜터. 나는 그녀를 줄곧, 거의 항상 바라보았고 그녀가 거북해하는 것을 알아도 시선을 거둘 수가 없었다. 내가 그녀를 본 것은 그녀를, 그러니까 마리클로드 카펜터가 어떤 사람인가를 알아보기 위해서였다. 왜 그녀는 다른 곳이 아닌 여기에서 살까, 왜 그녀는 보스턴에서 이토록 먼 곳으로 왔을까, 왜 그녀는 부자일까, 왜 사람들은 그녀에 관해 아무것도 알지 못할까, 아무도, 아무것도. 왜 이런 꾸며 낸 듯한 초대를 하는 것일까, 왜, 왜 그녀의 눈 아주 깊은 곳, 시선의 바닥에는 죽음의 그림자가 웅크리고 있는 것일까, 왜? 마리클로드 카펜터. 왜 그녀의 옷들은 하나같이 꼬집어 말할 수 없는, 무언가가 빠진 듯한, 자기 몸에 맞지 않는 것 같고 마치 다른 사람 것을 걸치고 있는 듯한 느낌을 주는 것일까. 특징 없고 단정하며 아주 깨끗하고 하얀 원피스들은 꼭 한겨울에 꺼내 입은 여름옷 같았다.

베티 페르낭데즈. 남자들에 대한 추억은 눈부신 빛 아래서는 결코 떠오르지 않지만 여자들에 대한 기억은 쉬이 떠오르곤 한다. 베티 페르낭데즈. 그녀도 외국인이다. 그녀의 이름을 말하는 순간, 여기 그녀가 파리 거리를 걷는다. 근시여서 또렷이 보기 위해 눈을 찌푸리곤 가볍게 손을 들어 인사한다. 안녕하세요. 잘 지내세요? 이제는 이미 죽은 지 오래다. 아마도 삼십 년은 되었을 것이다. 그녀의 우아함을 기억한다. 잊기엔 너무 늦었다. 아무것도 완벽해질 수 없고, 결코 완벽해지지 않을 것이다. 상황도, 시대도, 추위도, 배고픔도, 독일의 패배도, 죄악의 폭로도, 그 어떤 것도 결코 완벽에 도달할 수 없다. 그녀는 그 어떤 끔찍한 역사적 사건들을 뒤로한 채 항상 길을 걷는다. 여기서도 눈은 맑다. 장밋빛 원피스는 낡았고 거리의 태양 아래에서 검은색 캐플린[10]은 먼지에 뒤덮여 있다. 날씬하고 키가 커서, 꼭 먹으로 찍어 낸 중국 판화 같다. 사람들은 멈춰 서서, 시선도 주지 않고 걸어가는 이 외국 여자의 우아함을 경탄하며 바라본다. 그녀는 마치 여왕과도 같다. 그녀가 어디서 왔는지 단번에 알 수 없다. 그저 타지에서 온 여인, 멀리서 온 여인일 것이라고만 말한다. 그녀는 아름답다, 기대하지 않은 뜻밖의 아름다움. 낡고 초라한 유럽식 차림으로, 남은 비단 조각이나 구식 투피스, 오래된 커튼감, 낡은 바탕천이나 옷감 조각, 누더기처럼 바랜 고급 맞춤복, 좀먹은 여우 털, 오래된 수달피를 걸쳤으며 그녀의 아름다움은 이렇게 찢기고 추위에 떨고 오열하는, 유배당한 사람의 아름다움이었고 모든 것이 그녀에게는 너무 커다래서 다른 어떤 것도 그녀에게는 맞지 않았으나 그래도 아름다웠고, 너무 말라 헐렁헐렁한데도 아름다웠다. 머리끝부터 발끝까지, 그녀의 생김생김으로 인하여 그녀가 건드리는 모든 것들은 영원히 이러한 아름다움을 발하는 것이었다.

베티 페르낭데즈도 손님들을 초대하곤 했지만 그녀는 자신

10) 높이가 낮으면서 챙이 넓은 여성 모자. 멋을 내기 위해 쓰기도 하지만 보통 여름에 강한 햇빛을 가리기 위해 많이 쓴다.

이 정해 놓은 '날'이 있었다. 사람들은 가끔 거기에 갔었다. 한 번은 그곳에 작가인 드리외 라 로셸이 있었다. 그는 눈에 띄게 자신감으로 가득했고 못마땅한 점에는 거의 말도 하지 않았으며 꾸민 목소리에 마치 통역을 하듯 어색한 말투로 이야기했다. 브라지야크도 거기 있었던 것 같은데 유감스럽게도 잘 기억이 나지 않는다. 사르트르는 한 번도 보지 못했다. 몽파르나스의 시인들도 있었지만 단 한 명의 이름도 생각나지 않는다. 아무것도. 독일인은 없었다. 사람들은 정치 이야기는 하지 않았다. 문학에 대해 이야기를 나누었다. 라몽 페르낭데즈는 발자크에 대해 이야기했다. 그의 이야기는 밤새도록 들을 수 있을 것 같았다. 그가 말하는 것은 지금은 거의 완전히 잊혀서 증명할 만한 근거가 거의 하나도 남아 있지 않은 그런 지식이었다. 그는 정보라기보다는 의견에 가까운 이야기를 했다. 발자크에 대해서도 마치 자기가 만들어 낸 인물인 양, 자신이 발자크가 되어 보기라도 한 것처럼 이야기했다. 라몽 페르낭데즈는 지식에서까지도 고상한 예의범절을 지니고 있었고, 본질적이고도 확실한 방식으로, 그 의무나 무게를 싣지 않았다. 그는 진지한 사람이었다. 길거리나 카페에서 마주치면 언제나 파티 같았고 그는 진심으로 사람들을 반겼으며 정말로 기쁘게 인사했다. 안녕하세요잘지내시죠? 이렇게 영국식으로, 숨도 안 쉬고 웃으면서 말을 건네었는데 그렇게 웃는 사이에 농담은 전쟁 이야기로, 전쟁에서 마땅히 생겨나는 모든 고통, 레지스탕스나 독일군과의 내통, 배고픔이나 추위, 순교자나 불명예에 대해서까지 이어졌다. 베티 페르낭데즈, 그녀는 단지 거리에서 얼핏 본 사람들과 아는 사람들에 대해서, 그들이 어떻게 지내는지에 대해서, 진열장에 남아 있는 상품들, 우유나 생선 등 보급품들의 배급, 그리고 그것들이 바닥날 경우 추위나 끝없는 배고픔을 이겨 낼 수 있는 방법에 대해서만 이야기했고, 일상생활에 유익한 실천적인 세목들을 알고 있었으며, 언제나 사려 깊은 우정으로 충실하고 다정하게 그곳에 있었다. 페르낭데즈 부부는 대독일 협력자들이었다. 그리고 나는 전쟁이 발발하고 이 년 후 프랑스 공산당 당원이 되었다. 동등함은 절대적이고 결정적이다. 그것은 똑같은 일, 똑같은 연민, 똑같은 구조 요청, 똑같이 나약한 판단, 말하자면 개인적인 문제를 정치적으로 해결할 수 있다는 똑같은 미신이다. 베티 페르낭데즈, 그녀도 독일 점령하의 텅 빈 파리 거리를 바라보고 있었다. 그녀도 또 다른 여인 마리클로드 카펜터처럼 개오동나무 꽃이 핀 광장을, 파리를 바라보고 있었다. 둘 다 똑같이 손님을 초대한 날이었다.

그는 검은 리무진으로 나를 기숙사에 데려다준다. 사람들 눈에 띄지 않도록 입구에 조금 못 미친 곳에 차를 세운다. 밤이다. 그녀가 내리고, 달린다, 그를 돌아보지 않는다. 현관을 지나자마자 큰 휴게실에 아직도 불이 켜져 있는 것이 보인다. 복도에 들어서자 그녀가, 한참 전부터 허리를 꼿꼿이 세운 채, 걱정스레 미소 한 점 없이, 나를 기다린 그녀가 보인다. 그녀가 묻는다. 어디 갔었어? 그녀가 말한다. 기숙사에서 자지 않았어. 그녀는 이유를 말하지 않고, 엘렌 라고넬도 묻지 않는다. 그녀는 분홍 모자를 벗고, 잠자리에 들기 위해, 땋았던 머리를 푼다. 학교에도 안 갔더라. 안 갔어. 엘렌은 전화가 와서 알았다고, 그래서 사감을 만나러 가야 한다고 말한다. 마당의 그늘 아래엔 소녀들이 많다. 모두 흰옷을 입고 있다. 나무들에는 큰 램프가 여러 개 걸려 있다. 몇몇 교실에는 아직도 불이 켜져 있다. 아직 공부하는 학생들도 있고 교실에 남아 재잘거리거나 카드놀이를 하거나 노래를 부르는 학생들도 있다. 취침 시간은 정해져 있지 않다. 낮에는 더위가 너무 심하기 때문에 저녁이 되면 젊은 사감들은 그들과 마찬가지로 학생들도 기분 내키는 대로 자유롭게 행동하도록 내버려 둔다. 국립 기숙사에서 백인은 우리뿐이다. 혼혈아가 아주 많은데, 그중 대부분은 군인이나 선원, 아니면 세관이나 우체국 또는 공공 사무소의 말단 공무원인 아버지로부터 버림받은 아이들이다. 대부분 빈민 구제소 출신들이다. 혼혈의 혼혈아들도 있다. 엘렌 라고넬은 프랑스 정부가 이들을 병원 간호원이나 고아원, 나병 환자 수용소, 정신병원의 보모로 만들고자 한다고 믿는다. 또 그들이 콜레라나 페스트 환자 격리소에 보내어진다고도 믿는다. 엘렌 라고넬은 그렇게 믿으며, 그런 곳에 가고 싶지 않다고 울고, 기숙사에서 도망치겠다고 언제나 말한다.

나는 담당 사감을 만나러 갔다. 혼혈인 젊은 여사감으로, 엘렌과 나에 대해 관심이 많다. 그녀가 말한다. 네가 학교에 가지 않았고 밤에 기숙사에서 자지도 않았으니 어머니에게 통지를 해야 할 것 같구나. 나는 어쩔 도리가 없어서 그랬지만 오늘 저녁부터는 매일 밤 기숙사에 돌아와서 자도록 노력하겠

으니 어머니에게 알릴 필요는 없다고 말한다. 젊은 여사감은
나를 보고는 웃는다.

나는 여전할 것이다. 어머니가 알게 될 것이다. 어머니는 기
숙사 원장을 만나러 와서 저녁 시간에는 나를 자유롭게 내버
려 두라고, 기숙사에 돌아오는 시간을 통제하지 말아 달라고,
일요일마다 하는 기숙생 단체 산책을 강요하지도 말아 달라고
부탁할 것이다. 어머니는 말한다. 언제나 자유분방하던 아이
니까 그러지 않으면 도망쳐 버릴 거고 어미인 나도 저 애를 당
해 낼 수가 없으니 붙잡아 두고 싶으면 자유롭게 해 줘야 해
요. 원장은 내가 백인이기 때문에, 기숙사의 명성을 위해서는
혼혈아들 틈에 백인 몇 명이 끼어 있어야 하기 때문에 제안을
받아들였다. 어머니는 또 내가 그렇게 멋대로 굴긴 하지만 그
래도 학교 공부는 잘하며, 아들들이 받아 오던 성적은 정말
이지 끔찍했으니 딸아이의 성적만이 유일한 희망이라고 말
한다.

원장은 내가 기숙사를 호텔처럼 들락거리도록 내버려 두
었다.

머지않아 나는 넷째 손가락에 다이아몬드 반지를 낄 것이
다. 그러면 사감들도 내게 이래라저래라 훈계하지 못할 것이
다. 사람들은 내가 약혼한 건 아니라는 걸 짐작할 테지만 다
이아몬드는 매우 비싼 보석이어서, 그 반지가 진짜라는 것을
의심하는 사람은 아무도 없을 것이며 아주 어린 소녀가 받은

다이아몬드 반지의 값 때문에 소녀에게 잔소리하는 사람은 아무도 없을 것이다.

나는 엘렌 라고넬 곁으로 돌아온다. 그녀는 긴 의자 위에 누워, 내가 곧 기숙사를 떠나리라는 생각에 울고 있다. 나도 의자에 앉는다. 내 곁에 바싹 붙어 누워 있는 엘렌 라고넬의 몸의 아름다움에 취해 온몸의 맥이 풀린다. 원피스 속으로 드러나 보이는 기막힌 몸이 손만 뻗으면 닿을 거리에 있다. 지금껏 본 적 없는 젖가슴. 만져 본 적도 없다. 엘렌 라고넬, 그녀는 부끄러운 줄도 모르고 기숙사 안을 발가벗고 돌아다닌다. 신이 주신 모든 것들 중 가장 아름다운 건 바로 이 엘렌 라고넬의 몸이고, 거기에 비할 것은 없으며, 균형 잡힌 체격에 젖가슴은 얼마나 예쁜지, 마치 몸에서 따로 분리되어 나온 것처럼 봉긋하다. 누군가의 손길을 기다리며 팽팽하게 긴장되어 있는 이 봉긋한 가슴처럼 기막힌 건 없다. 작은오빠의 심부름꾼이었던 꼬마 소년의 몸도 이 찬란함 앞에서는 무색하다. 남자들의 육체는 빈약하고 억압된 형태다. 그 형태는 엘렌 라고넬의 체형처럼 망가지지도 않는다. 여인의 체형은 결코 지속되지 않고, 여름 한철처럼 손가락으로 헤아릴 수 있는 날들 동안 유지되는 것이 고작인데 그것마저도 곧 끝나 버린다. 엘렌 라고넬은 달랏이라는 고지대 출신이다. 아버지는 우체국 공무원이다. 얼마 전, 학기 중에 전학을 왔다. 그녀는 겁이 많아서 당신 곁에 앉아 아무 말 없이 가만 있다가 자주 훌쩍훌쩍 운다. 산사람 특유의 분홍빛 혈색이 도는 갈색 피부 때문에, 찌는 듯한 더위에 시달리는 이곳 아이들의 빈혈 환자처럼 푸르스름하고 창백한 얼굴 사이에서 금방 알아볼 수 있다. 엘렌 라고넬은 학교에 가지 않는다. 엘렌 L.은 학교에 가는 길도 모른다. 알려고 하지도 않고 신경 쓰지도 않는다. 기숙사의 기초반 수업을 받는데, 그 수업조차도 따라가지 못한다. 그녀가 내 몸에 기대어 울고 나는 그녀의 머리카락을, 손을 쓰다듬으며 그녀와 기숙사에 함께 있어 주겠다고 말한다. 엘렌 L.은 자신이 미인이라는 것도 모른다. 그녀의 부모는 이 아이를 어떻게 해야 할지 몰라서 서둘러 결혼을 시킬 방법만 찾는다. 엘렌 라고넬, 그녀는 원하기만 한다면 어떤 남자라도 약혼자로 만들 수 있을 테지만 약혼도 싫고 결혼도 싫고 오직 어머니 곁으로 돌아가기만을 원한다. 그녀. 엘렌 L.. 엘렌 라고넬. 결국엔 어머니가 원하는 대로 하게 될 것이다. 그녀는 나보다 훨씬 예뻐서, 광대 같은 모자를 쓰고 금박 장식 구두를 신은 나보다 신붓감으로서도 나으며, 엘렌 라고넬, 그녀와 결혼하는 남자는 그녀를 집 안에 들어앉혀 놓을 수도 있고 겁을 줄 수도 있고 무서운 것이나 모르는 것을 가르쳐 줄 수도 있을 것이며 얌전히 집에서 기다리라고 명령할 수도 있을 것이다.

엘렌 라고넬, 그녀는 내가 아는 것을 알지 못한다. 열일곱 살이나 되었는데. 그래서 나는 내가 아는 것을 그녀는 영원히 알지 못할 것이라 짐작했다.

엘렌 라고넬의 몸은 풍만하고 여전히 순결하며 피부는 마치 과일 속살 같아서 믿기지 않을 정도로, 진짜가 아닌 것처럼 너무나 매끄럽다. 엘렌 라고넬은 그녀를 죽이고 싶은 욕망을, 두 손으로 목 졸라 죽이고 싶은 야릇한 몽상을 불러일으킨다. 최상급 밀가루처럼 아름다운 자신의 몸매를 전혀 인식하지 못하고, 손으로 만져 보고 싶고 입에 넣어 보고 싶게 만드는 그 몸매를 내보이며, 자신의 몸을 전혀 알지 못한 채, 그 경이로운 능력을 깨닫지 못한다. 내가 매일 저녁 가는 그곳, 신에 대한 인식이 좀 더 심오해지는 중국인 마을의 방에서 그가 나의 가슴을 먹듯, 나는 엘렌 라고넬의 젖가슴을 먹고 싶다. 최상급 밀가루 같은 그 젖가슴을 삼켜 버리고 싶다.

나는 엘렌 라고넬에 대한 욕망으로 몸이 사그라진다.
욕망으로 사그라진다.
엘렌 라고넬을 데려가고 싶다. 매일 밤 내가 눈을 감고 희열을 느끼며 비명을 지르는 그곳으로. 엘렌 라고넬을 그 남자에게 데려다주고, 그가 나에게 하던 행위를 그녀에게 하는 것을 보고 싶다. 내 앞에서, 내가 원하는 대로, 내가 몸을 내맡기던 대로. 엘렌 라고넬의 몸을 통하여, 그녀의 몸을 가로질러, 그 남자의 희열은 나에게로 도달할 것이고 그 희열은 더할 나위 없을 것이다.
죽고 싶을 정도로.

내 마음속에서 그녀는 촐론의 그 남자와 똑같은 육체로 떠오르지만 그녀의 육체는 태양같이 찬란하고 순수한 순간 속에 존재하여 그녀가 움직일 때마다, 눈물을 흘릴 때마다, 그녀의 결함과 무지가 눈에 띨 때마다, 그 육체는 하나의 꽃으로 피어난다. 엘렌 라고넬, 내 마음속에서 그녀는 너무나 추상적이고도 강렬한 희열을 내게 주었던 고뇌에 찬 그 남자의, 촐론에 있는, 비밀스러운, 중국에서 온 남자의 여자다. 엘렌 라고넬은 중국에서 왔다.

나는 엘렌 라고넬을 잊지 않았다. 그 고뇌에 찬 남자도 잊지 않았다. 내가 떠난 후, 그를 떠난 후 이 년 동안 어떤 남자와도 만나지 않았다. 그러나 이렇게 신비스럽게 몸을 지키면서 나는 진정한 나 자신이 되었다.

나는 여전히 우리 가족과 함께 다른 어떤 곳도 아닌 여기, 이곳에 산다. 내가 나 자신에 대해 마음속 깊이 확신할 수 있는 곳은 삭막하고, 끔찍하도록 엄격하고, 불법적인 행위가 벌어지는 우리 집뿐이며 가장 궁극적인 확신, 즉 훗날 작가가 되리라는 확신을 되찾을 수 있는 곳도 이곳이다.

훗날 나를 떠나간 현재에 붙들 곳은 다른 어느 곳도 아닌 바로 여기다. 촐론의 독신자 아파트에서 보내는 시간은 이곳을 신선하고 새로운 빛에 감싸여 나타나게 한다. 사람이 도저히 숨을 쉴 수 없는 곳, 죽음의 그림자가 맴도는 곳, 폭력과 고통과 절망과 불명예가 난무하는 곳이다. 촐론은 바로 그런 곳이다. 강 건너. 일단 강을 건너면.

나는 엘렌 라고넬이 어찌 되었는지, 죽었는지 살아 있는지 조차 몰랐다. 먼저 기숙사를 떠난 건 그녀였고, 내가 프랑스로 떠나기 훨씬 전이었다. 그녀는 달랏으로 돌아갔다. 어머니가 돌아오라고 했던 것이다. 그녀를 결혼시키기 위해서, 프랑스에서 새로 부임해 오는 남자를 만나게 하기 위해서라고 기억한다. 어쩌면 내 기억이 틀릴지도, 엘렌 라고넬에게 일어나리라고 나 혼자 생각했던 일과 어머니의 요청대로 할 수 없이 떠났던 일을 혼동하고 있는지도 모른다.

여러분에게 그게 무엇이었는지, 어떠했는지 이야기해야겠다. 그렇다. 그는 아편을 피우러 가기 위해 심부름꾼들의 돈을 훔친다. 어머니의 돈도 훔친다. 장롱을 뒤진다. 훔친다. 도박을 한다. 아버지는 죽기 전에 앙트르되메르 지방에 집을 한 채 샀었다. 그 집은 우리 가족의 유일한 재산이었다. 그는 도박을 한다. 어머니는 빚을 갚기 위해서 그 집을 판다. 그래도 충분치 않다, 언제나 모자라다. 그는 어린 나를 카페 라 쿠폴의 손님들에게 팔아넘기려고까지 한다. 그래도 어머니가 아직 더 살고 싶어 하는 건 그를 위해서, 그에게 먹을 것을 계속 마련해 주기 위해서, 따뜻한 잠자리를 마련해 주기 위해서, 어머니가 그의 이름을 부르는 소리를 듣게 하기 위해서다. 십 년을 저축하여 어머니는 큰오빠에게 앙부아즈 근처에 땅을 사 주었다. 그것을 그는 단 하루 만에 저당 잡힌다. 어머니는 이자를 갚는다. 여러분에게 말했듯 벌목한 나무들로 장만한 모든 것이 단 하룻밤에 사라진다. 숨이 꺼져 드는 어머니의 돈까지

홈쳤다. 큰오빠는 장롱을 뒤져서 직감적으로 어느 시트, 어느 틈바구니에 돈이 숨겨져 있는지 귀신같이 찾아내는 그런 인간이었다. 그는 결혼반지나 보석, 식량 같은 것들을 수없이 훔쳐 갔다. 그는 도의 돈, 심부름꾼들의 돈, 작은오빠의 돈까지 훔쳤다. 내 돈도 많이 훔쳤다. 필요하다면 자기 어머니도 팔았을 사람이다. 어머니가 돌아가시자, 아직 슬픔이 채 가시기도 전에 공증인을 부른다. 그는 슬픔을 이용할 줄 안다. 공증인은 유언장의 내용이 공정하지 않은 것 같다고 말한다. 나를 거의 희생시키다시피 하면서, 큰아들만 모든 유산을 받게끔 하라고 적혀 있었기 때문이다. 우스꽝스러울 정도로 엄청난 차이다. 하지만 그 이유를 잘 아는 나는 받아들일지 말지 결정하는 수밖에 없다. 위의 내용에 동의함. 나는 서명한다. 유언을 받아들였다. 큰오빠는 눈을 내리깔고, 고맙다고 말한다. 그는 운다. 어머니에 대한 애도. 그는 진지하다. 파리가 독일군의 손아귀에서 풀려나자 남프랑스에서 독일군에 협력한 사실 때문에 그는 쫓기는 몸이 되어 어디로 갈지 알 수 없다. 그는 내 집으로 온다. 그가 무슨 일 때문에 쫓기고 있는지는 잘 알 수 없었지만, 위험한 상황에 처한 것은 분명했다. 어쩌면 사람들을, 유태인을 밀고했는지도 모른다. 세상에서 그가 못 할 짓이라고는 없었으니까. 일을 저질렀을 때나 도움이 필요할 때면, 항상 그렇듯 그는 매우 상냥하고 다정하다. 내 남편은 강제수용소에 끌려갔다. 큰오빠는 그를 동정한다. 오빠는 사흘을 머무른다. 그의 도벽을 잠시 잊고 있던 나는 문을 잠그지 않고 외출한다. 그는 뒤진다. 남편이 돌아오는 날 쓰려고 간직

해 둔 설탕과 쌀 배급표. 그가 호주머니에 넣는다. 그다음엔 침실에 있는 작은 옷장을 뒤진다. 찾아낸다. 모아 둔 돈 5만 프랑 전부를, 지폐 한 장 남기지 않고 몽땅 쓸어 넣는다. 훔친 물건들을 가지고 내 집을 떠난다. 언젠가 다시 만나더라도, 그가 자기 행동을 너무도 창피해할 테니 나는 그 일에 대해 한마디도, 아무 말도 하지 않을 것이다. 가짜 유언장 사건 이후에도 입에 풀칠할 돈조차 남지 않게 된 그는 가짜 루이 14세의 성도 팔아넘겼다. 유언장이 그랬듯 매매 증서 또한 위조한 것이었다.

어머니가 죽고 나니 그는 외톨이다. 친구도 없다. 그는 친구를 가져 본 적이 없었고 이따금 몽파르나스에 나가서 '일'을 하도록 시키는 여자들이 있었으며 어쩌다 일을 시키지 않은 여자들은 사귀기 시작한 지 얼마 되지 않은 이들뿐이었다. 알고 지내는 남자들은 전부 돈 받을 일이 있는 사람들이었다. 그는 아주 고독하게 살았다. 나이가 들어 가면서 그의 고독은 더욱 심해졌다. 그는 한낱 건달에 불과했고 늘 시시껄렁한 일을 가지고 시비를 걸었다. 그는 주변 사람들에게나 겁을 주었지, 그 외 사람들에게는 아무 짓도 못 했다. 우리를 잃자 그의 제국은 무너지고 말았다. 그는 '갱'도 못 되고 단지 집안 건달일 뿐이었으며 장롱이나 뒤지는 좀도둑, 무기도 들지 않은 살인자였다. 그는 자신이 위험해질 만한 일은 하지 않았다. 건달이란 연대감도 없고 큰일도 못 벌이는, 겁 많은 자들인 것이다. 그도 겁쟁이였다. 어머니가 돌아가신 후 그는 이상하게 살았다. 투르에서 그가 아는 사람이라고는 경마장의 '비밀 정보'

를 미리 빼내 주는 카페 심부름꾼들과 카페 뒷방에서 벌어지는 포커 판에 죽친 술 취한 여자들이 고작이다. 그는 점점 그들을 닮기 시작하더니 눈이 충혈되고 코가 비뚤어질 정도로 술에 취해 산다. 투르에는 아무것도 없다. 두 군데에 있던 부동산을 팔고 나니 더 이상 남은 것이 없다. 일 년 동안 그는 어머니가 세를 들었던 창고에서 산다. 일 년 동안 소파에서 잔다. 처음엔 괜찮다. 일 년간 머문다. 그런 다음 쫓겨난다.

그 일 년 동안 그는 우선 저당 잡혔던 가구들을 되찾으려고 했다. 그러다가 하나씩 하나씩, 창고에 있는 어머니의 가구들을 걸고, 청동 불상들, 놋그릇들, 침대들, 그다음에는 찬장, 급기야는 침대 시트까지 걸고 노름을 했다. 그러던 어느 날은 아무것도 갖고 나갈 것이, 시트 한 장, 그릇 하나 없고 남은 것이라곤 몸에 걸친 옷 한 벌뿐인 그런 날이 온다. 그는 혼자다. 일 년 만에 아무도 그에게 자기 집 문을 열어 주지 않게 된다. 그는 파리에 있는 사촌에게 편지를 쓴다. 그는 말제르브에서 하인들이 쓰는 방을 하나 구할 것이다. 쉰 살이 넘어서야 난생처음 직업을 가질 것이고 첫 봉급을 받을 것이며 해상 보험회사의 사환이 된다. 내 기억에 그는 십오 년 동안 계속 그 일을 했던 것 같다. 그는 병원으로 갔다. 거기서 죽지 않았다. 그는 자기 방으로 돌아와서 죽었다.

어머니는 그 아이에 대해 결코 얘기하지 않았다. 단 한 번도 불평하지 않았다. 그가 장롱을 뒤져 돈을 훔쳤다는 사실을 누구에게도 말하지 않았다. 그런 자식을 낳았다는 것만으로도 스스로를 죄인이라고 느꼈다. 그래서 어머니는 큰아들에 대한 모성을 남몰래 숨기고 있었다. 그녀가 이해하는 것처럼 그녀의 아들을 이해하는 사람은 존재하지 않기에, 신 앞에서가 아니라면 이런 모성애를 설명하기란 불가능한 일이라고 어머니는 생각했던 것 같다. 어머니가 그에 대해 얘기하는 건 늘 똑같은, 사소하고 일상적인 것들뿐이었다. 마음만 먹었더라면 세 아이 중 제일 똑똑했을 것이다. 가장 '예술가적'이다. 가장 섬세하다. 어미를 가장 사랑하는 아이다. 결국 어미를 가장 잘 이해해 준다. 그리고 또 말했다. 몰랐어요, 남자아이한테 이런 직감이, 이처럼 깊은 애정이 있을 수 있다는 걸 기대도 못 했다니까요.

큰오빠와 나는 딱 한 번 만났는데, 그는 죽은 작은오빠 얘기를 했다. 정말이지 끔찍한 일이야. 내 동생, 우리 폴로가 죽다니. 정말 말도 안 돼.

우리 가족에 대해 떠오르는 장면이 또 하나 있다. 사택에서 식사할 때의 일이다. 우리 세 남매가 식당에서 식사를 하고 있다. 오빠들은 각각 열일곱, 열여덟 살이다. 어머니는 그 자리에 없다. 큰오빠는 작은오빠와 내가 먹는 모습을 바라보다가 자기 포크를 내려놓더니 그다음부터는 작은오빠만 본다. 아주 오랫동안 보다가 갑자기, 낮은 목소리로 그에게 끔찍한 소리를 한다. 음식 때문이다. 그는 동생에게 조심하라고, 그렇게 많이 먹지 말라고 말한다. 작은오빠는 대답이 없다. 큰오빠는 계속 말한다. 제일 큰 고깃덩어리는 항상 자기 거라고, 그 사실을 잊으면 안 된다고, 그렇지 않으면, 하고 말한다. 내가 묻는다. 왜 오빠 거라는 거야? 그가 대답한다. 원래 그런 거니까. 나는 말한다. 오빠가 죽어 버렸으면 좋겠어. 나는 더 이상 음식이 넘어가지 않는다. 작은오빠도 마찬가지다. 큰오빠는 동생이 대들기를, 식탁 위에 놓인 주먹을 움켜쥐고서, 한마디만 날아오면 동생의 얼굴을 뭉개 놓으려고 기다린다. 작은오빠는 아무 말도 하지 않는다. 얼굴이 창백하다. 속눈썹 사이로 눈물이 괴기 시작한다.

큰오빠가 죽는 날 날씨가 음울하다. 봄, 아마 4월이다. 내게 전화가 온다. 큰오빠가 침실 바닥에 쓰러져 죽은 채로 발견되었다는 말 외에 다른 말은 한마디도, 단 한마디도 없다. 큰오빠의 삶이 끝나기도 전에 죽음은 이미 그의 곁에 와 있었다. 살아 있으면서도 그는 죽은 것이나 다름이 없었다. 그는 너무 늦게 죽었다. 작은오빠가 죽은 날 이후로 그는 이미 죽어 있었던 것이다. 말 그대로다. 모든 것이 다 이루어졌노라.

어머니는 눈을 감으면서 큰아들을 자기와 함께 묻어 달라고 부탁했다. 루아르 지방이었다는 것 말고는 무덤이 어디에, 어느 묘지에 있는지 나는 이제 모른다. 그들은 둘 다 무덤 속에 있다. 단둘이서. 당연한 일이다. 그 광경은 눈 뜰 수조차 없는 광채에 싸여 있다.

황혼은 매년, 같은 시각에 다가왔다. 거의 폭력적일 만큼 순식간이었다. 우기에는 몇 주일씩 하늘을 볼 수가 없었고, 달

빛조차도 새어 나오지 못할 정도로 짙은 안개가 온 하늘을 가렸다. 반대로 건기에는 씻은 듯이 말간 하늘을 볼 수 있었다. 달이 없는 밤에도 하늘은 빛났다. 그래서 땅 위에, 물 위에, 길 위에, 그리고 벽 위에도 그림자가 어렸다.

나는 낮에 대해서는 잘 기억하지 못한다. 햇빛이 모든 색깔을 퇴색시키며 짓누른다. 밤에 대해서는 잘 기억한다. 푸른빛이 하늘보다 더 멀리, 세상의 본질을 덮고 있는 모든 불투명함의 저편에 있었다. 나에게 하늘은 밤의 푸른빛을 가로지르는 순수한 광채와 모든 색깔을 초월한, 차갑게 녹아 드는 빛이었다. 빈롱에서, 때때로 슬픔에 잠길 때면 어머니는 이륜마차에 말을 맨 다음 건기의 밤을 보러 들판으로 가곤 했다. 그런 밤이면 나는 어머니를 소유하는 행복을 누릴 수 있었다. 하늘에서는 순수하고 투명한 폭포처럼, 침묵과 부동의 물기둥처럼 빛이 쏟아져 내렸다. 대기는 푸르렀고 손에 잡힐 듯했다. 푸른 빛. 하늘은 그 반짝이는 빛으로 끊임없이 맥박 치고 있었다. 밤은 모든 것을, 눈길이 닿는 강 양쪽으로 펼쳐진 들판을 온통 비추고 있었다. 밤은 하루하루 새로웠고 매 순간마다 새로운 밤이라고 할 수 있을 정도였다. 밤의 소리는 들개들의 소리였다. 개들은 신비를 향해 짖어 대고 있었다. 밤이 만들어 낸 공간과 시간이 완전히 소멸될 때까지 이 마을과 저 마을에서 서로 화답하며 짖어 댔다.

마당의 오솔길에 서 있는 사과나무의 그림자는 검은 잉크

빛이다. 온 정원이 대리석처럼 미동도 없이 응결되어 있다. 기념비처럼 음산한 집도 마찬가지다. 내 옆에서 걷고 있던 작은 오빠는 텅 빈 거리로 열려 있는 대문을 뚫어져라 바라본다.

한번은 그가 학교 앞에 없다. 운전기사 혼자 검은 승용차 안에 앉아 있다. 기사는 아버지가 편찮으셔서 작은 주인님이 사택에 갔다고 말한다. 그리고 운전기사인 자기는 사이공에 남아서 나를 학교에 데려다주고 기숙사에도 데려다주라는 분부를 받았다고 한다. 그 작은 주인님은 며칠 후 돌아왔다. 여전히 검은 승용차 뒤편에 앉아, 시선을 피하기 위해 얼굴을 돌리고, 겁에 질려 있다. 우리는 아무 말 없이 서로를 끌어안았다. 바로 거기서, 학교 앞이라는 것도 잊은 채 키스를 했다. 키스를 하면서 그는 울었다. 아버지는 아직 더 사실 것 같다. 그의 마지막 희망이 사라져 가고 있었다. 결국 그는 아버지에게 부탁했다. 계속 나를 품에 안을 수 있도록 내버려 둬 달라고 애원했고, 아버지 역시 이해해야 한다고, 오랜 세월 살아오는 동안 적어도 한 번쯤은 그런 열정에 사로잡힌 경험이 있을 거라고, 그도 어쩔 도리가 없다고 말했으며 그의 열정을, 광기를, 백인 소녀에 대한 미칠 듯한 사랑을 단 한 번만이라도 허락해 달라고 간청했으며 내가 프랑스로 돌아가기 전에 사랑할 시간을 달라고, 일 년만 더, 더 나를 사랑할 수 있게 해 달라고, 아직 이 사랑을 버릴 수가 없다고, 이 사랑은 아직도 처음 시작할 때만큼이나 새롭고 또 강렬하다고, 지금 나에게서 멀어진다는 건 너무나 끔찍한 일이라고, 아버지도 잘 아시지 않으냐고, 그에게 이런 일은 다시 생기지 않을 거라고 말했다.

아버지는 차라리 그가 죽는 걸 보는 편이 낫다고 거듭 그에게 말했다.

우리는 항아리에 담긴 차가운 물로 함께 목욕했고, 서로를 껴안고 울었으며, 사랑은 아직도 죽고 싶을 만큼 열렬했고, 이젠 위로할 길 없는 희열이었다. 그래서 나는 그에게 말했다. 아무것도 후회할 건 없다고 말하며 그가 했던 말을 생각나게 해 주었고, 아무 데라도 떠나 버려야겠다고, 내가 어떻게 해야 할지 모르겠다고 말했다. 그는 아무래도 상관없다고 말했다. 이젠 모든 것이 힘겹다고 말했다. 그래서 나는 그의 아버지와 같은 생각이라고, 더 이상 그와 함께하지 않겠다고 말했다. 그 이유는 말하지 않았다.

메콩강에 이르러야 끝이 나는 빈롱의 긴 거리들 중 하나다. 이곳은 저녁이면 언제나 인파가 줄어든다. 그날 저녁에도 여느 때처럼 정전이 된다. 그때부터 모든 것이 시작된다. 내가 거리로 나오면 등 뒤에서 현관문이 닫히고 갑자기 전기가 나간다. 나는 달린다. 어둠이 무서워서 달린다. 점점 더 빨리 달린다. 그때 갑자기 뒤에서 다른 누군가가 달려오는 소리가 들린다. 문득 그 소리가 내 뒤를 따라오고 있다는 생각이 든다. 나는 달리면서 고개를 돌려 본다. 키 크고 마른 여자가, 너무 말라서 죽음처럼 보이는 여자가 웃으며 달려온다. 그녀는 맨발로 내 뒤를 쫓으며 나를 잡으려 한다. 나는 그 여자가 누군지 안다. 백인 근무지의 미친 여자, 빈롱의 미친 여자다. 내가 그녀에 대해 처음으로 들었던 이야기는 그녀가 밤에는 혼자 중얼대고 낮에는 잠을 자며 저기, 근무지 앞 거리, 공원에 자주 나타난다는 것이다. 그녀는 내가 알아들을 수 없는 언어로 외쳐대며 달려온다. 너무 무서워서 누군가를 부르고 싶어도 목소리가 나오지 않는다. 그때 나는 여덟 살이었다. 그녀의 요란한 웃음소리가, 나를 놀리며 기쁨에 겨워 지르는 소리가 들린다. 그날의 기억은 지금까지도 내 마음속에 가장 두려웠던 일로 자리 잡고 있다. 그때 느꼈던 두려움은 나의 이성, 나의 능력으로는 감당할 수 없는 것이었다고 해도 턱없이 부족한 표현이다. 그래도 더 설명해 보자면 온몸으로 느꼈던 선명한 두려움으로, 다시 말해, 만일 그 여자의 손이 내 몸을 약간 스치기만 해도 그땐 바로 내가 죽음보다도 더 극악한 상태, 광란 상태에 이르고 말리라는 확신이다. 나는 이웃집 정원까지, 그리고 다시 우리 집까지 간신히 달려와 계단에 올라서자마자 입구에서 쓰러졌다. 그 후 며칠 동안은 줄곧 내게 일어났던 그 일에 대해 단 한마디도 꺼낼 수 없었다.

그 후 오랜 시간이 흘렀지만 나는 여전히 어머니의 상태, (나는 아직도 그 상태를 뭐라고 해야 할지 모르겠다.) 그 이상한 상태가 점점 더 심각해질 것이고 그로 인해 어머니가 결국은 자식들과 격리되리라는 사실을 생각하며 두려움을 느낀다. 마침내 그날이 오고야 말았다는 사실을 알아차리는 사람은 큰오빠나 작은오빠가 아닌, 나일 것이다. 오빠들은 그런 상태를 판

단할 줄 모르기 때문이다.

　우리가 완전히 헤어지고 몇 달 후, 사이공에서 저녁 늦게, 우리 가족은 테스타르 거리에 있는 어떤 집의 넓은 테라스에 앉아 있었다. 도도 있었다. 나는 어머니를 보았다. 하지만 얼굴을 잘 알아볼 수가 없었다. 그러다 갑자기 눈앞이 흐려지고 정신이 아찔해지면서 모든 것이 불분명하게 느껴졌다. 문득 내 옆 자리, 어머니가 앉아 있던 그 자리에 어떤 사람이 앉아 있는 것이 보였으나 그 사람은 나의 어머니가 아니었고, 어머니의 모습이었지만 결코 나의 어머니는 아니었다. 그녀는 약간 몽롱한 눈으로 정원을, 어느 한 지점을 바라보았고 내가 느낄 수 없는 어떤 사건이 일어나길 기다리는 듯한 모습이었다. 그녀의 얼굴과 눈빛에 젊음이 감돌았고 정숙함을 지키기 위해 억누르던 행복이 엿보였다. 그녀는 아름다웠다. 그녀의 곁엔 도가 있었다. 도는 아무것도 눈치채지 못한 듯했다. 그 놀라운 여자는 내가 그녀에 대해 말하는 것, 즉 그녀의 얼굴이나 행복한 모습, 아름다움에 전혀 관심이 없었고 어머니가 앉아 있던 바로 그 자리에 생겨난 하나의 대용물이었으며 어머니 외 그 누구도 그 자리에 앉아 있을 순 없다는 걸 아는데도 마치 다른 사람이 앉아 있는 것처럼 보였고, 다른 사람이 아니라 해도 이미 예전의 어머니는 완전히 사라져 버려서 다시 돌아오게 할 방법은 전혀 없는 것 같았다. 내가 기억하고 있던 어머니의 모습은 하나도 떠오르지 않았다. 맑은 정신에서도 나는 미쳐 가고 있었다. 비명을 지를 시점이었다. 나는 소리를 질렀다. 외마디 소리, 모든 장면을 치명적으로 얼려 놓은 얼음을 깨트리기 위하여 도움을 청하는 외침이었다. 어머니가 뒤돌아보았다.

· 온 도시가 그 거지 여자로 들끓는 것처럼 느껴졌다. 시내에, 논두렁에, 시암의 변두리 거리에, 메콩 강가에, 나를 겁에 질리게 했던 그 미친 여자가 가득했다. 도처에서 그녀가 나타났다. 그녀는 어디에서 떠나왔건 항상 캘커타로 오고야 마는 것이었다. 그녀는 항상 운동장에 있는 사과나무 그늘에서 잠을 잤다. 그리고 거기, 그 미친 여자 곁에서는 언제나 어머니가 벌레에 물리고 파리 떼가 들러붙는 그녀의 발을 치료해 주고 있었다.

그 미친 여자에게는 이야기 속에서만 존재하는 딸이 있다. 그녀는 아이를 데리고 2만 킬로미터나 온다. 그런데 이제는 더 이상 데리고 다니기가 싫어져서 아무에게나 딸을 주어 버리겠다고 한다. 자, 데려가세요. 이젠 아이들이 없다. 더 이상 한 명도 남아 있지 않다. 죽거나 버려진 아이들이 벌써 한 무더기나 된다. 그러나 사과나무 밑에서 잠자는 이 여자는 아직 죽지 않았다. 그녀가 가장 오래 살 것이다. 그녀는 집 안에서, 레이스 옷을 입고 죽을 것이다. 사람들이 그녀의 죽음을 슬퍼할 것이다.

그녀는 지금 도로에 인접한 경사진 논에 서서, 목청이 터지도록 소리치고 웃는다. 그녀의 웃음소리는 신비해서 죽은 사람도, 아이들이 웃는 소리를 들을 수 있는 사람들도 깨운다. 그녀는 밤낮으로 방갈로 주위를 서성이는데, 방갈로에 있는 백인들이 거지에게 먹을 것을 준다는 걸 기억하기 때문이다. 그러다 어느 날 한번은 갑자기 새벽에 일어나 걸어가기 시작하더니 어디론가 떠나려 하니, 그녀를 따라가 보라, 그러면 그녀가 떠나는 이유를 알게 될 것이다. 그녀는 산길로 들어서서 숲을 가로지르고 시암 산맥의 봉우리들을 바라보며 오솔길을 따라 걷는다. 평원 저 건너편의, 노란빛과 초록빛으로 빛나는 하늘을 바라보면서 그녀는 계속 걷는다. 그리고 바다를 향해, 끝을 향해 걸어 내려가기 시작한다. 숲의 비탈길을 휘청휘청 걷는다. 그녀는 숲을 지나치고 또 지나친다. 숲의 악취가 코를 찌른다. 아주 무더운 지역이다. 바다에서 불어오는 시원한 바람 한 점 없다. 모기들, 죽은 아이들, 매일같이 내리는 비가 고인 곳이다. 곧이어 삼각주가 나타난다. 지구에서 가장 큰 삼각주들이다. 검은 진흙이 쌓여서 만들어졌다. 이 삼각주들은 치타공[11]을 향해 있다. 그녀는 도로를, 숲을, 차 밭을, 붉은 태양을 지나서 이제 그녀 앞에 펼쳐진 삼각주를 둘러본다. 그녀는 지구가 도는 방향을, 언제나 머나먼 동쪽을 향한다. 어느 날 그녀는 바다에 이른다. 그녀는 소리친다. 새처럼 신기한 소리로 낄낄거리며 웃어 댄다. 그 웃음소리 때문에 그녀는 치타공 강을 건너던 중국 배를 만나고, 어부들은 쾌히 그녀를 태워 주고, 그녀는 그들과 함께 벵골만을 건넌다.

이윽고 캘커타 교외의 쓰레기장 옆에서 그녀는 사람들 눈

---

11) 방글라데시 남동부의 도시.

에 뜨기 시작한다.

그러다 시야에서 사라진다. 그러다가 또다시 나타난다. 이번에는 캘커타 프랑스 대사관 뒤에 있다. 그녀는 음식을 배불리 먹고 공원에서 잔다.

그녀는 밤 동안은 거기에 있다. 새벽에 일어나면 갠지스 강가로 간다. 언제나 웃거나 조롱하는 듯한 표정. 그녀는 이제 떠나지 않는다. 여기서 먹고, 자고, 조용한 밤이 되면 월계수와 장미꽃이 있는 공원에 머무른다.

어느 날 나는 그곳을 지난다. 열일곱 살이다. 영국인 마을, 대사관의 정원, 계절풍이 불 때여서 테니스장은 텅 비었다. 갠지스 강가에는 나병 환자들이 죽 늘어앉아 웃고 있다.

우리는 캘커타에 기항하고 있다. 정기 여객선의 고장 때문이다. 우리는 시간을 보내기 위해 시내를 구경한다. 다음 날 저녁 우리는 다시 떠날 것이다.

열다섯 살 반. 사덱의 근무지에선 어떤 소문이든 빨리 퍼진다. 이런 차림으로 나가기만 해도 수치스러운 일이라고 떠들어댈 것이다. 엄마라는 사람은 아무 생각이 없답니다. 자기 딸 교육에도요. 아이만 불쌍하죠. 하지만 순진한 아이라곤 믿지 마세요. 저 모자, 연지 바른 입술, 저것들만 보아도 알 수 있지 않나요. 별 뜻이 없는 게 아니에요. 시선을 끌어서 돈 많은 사람을 유혹하려는 수작이라고요. 저 애 오빠들은 건달이고요. 참, 저 아이 애인은 중국 사람이라는데요, 메콩 강가에 있는 푸른 세라믹 별장에 살고, 백만장자의 아들이랍니다. 남자 쪽

아버지는 저 애를 좋아하기는커녕, 자기 아들과 사귀는 걸 원치 않는답니다. 백인 건달 가족이라고 말이에요.

우리는 그녀를 '부인'이라고 불렀지요. 사반나케트[12] 출신이래요. 남편이 빈롱에 부임했지요. 그전에 일 년 동안이나 빈롱에서 그 여자를 볼 수 없었어요. 사반나케트의 부행정관인 어느 청년 때문이었답니다. 더 이상 둘이 사랑을 나눌 수 없게되자 그 청년은 권총으로 자살을 했다더군요. 그 소문이 빈롱의 새 부임지까지 퍼졌지요. 그 여자가 사반나케트를 떠나서 빈롱으로 가던 날, 청년은 심장에 권총을 한 발 쏘았답니다. 대낮에 큰 광장에서요. 어린 소녀들 때문에, 남편이 빈롱으로 부임해 가게 되었기 때문에 이제는 헤어져야 한다고 애인에게 말했더랍니다.

매일 밤, 촐론의 수상쩍은 동네에서 그들은 만난다. 매일밤, 이 타락한 소녀는 불결한 백만장자 중국인에게 애무를 받으러 간다. 그녀는 고등학교에 다닌다. 백인 소녀들이 있는, 스포츠 클럽 수영장에서 크롤을 배우는 활동적인 백인 소녀들이 다니는 학교다. 어느 날 사덱의 여선생 딸에게 누구도 말을 걸어서는 안 된다는 지시가 내려진다.

쉬는 시간에 운동장에서, 그녀는 혼자 기둥에 기대서 길쪽을 바라본다. 이 일에 대해 어머니에게 한마디도 하지 않는

---

12) 라오스 중남부 메콩강 연안의 도시.

다. 그녀는 계속해서 촐론의 중국인이 태워다 주는 검은 리무진으로 수업을 받으러 온다. 반 아이들은 리무진이 떠나는 걸 바라본다. 한 명도 빠짐없이. 누구도 더 이상 그녀에게 말을 건네지 않는다. 이러한 따돌림이 빈롱의 그 부인에 대한 기억을 불러일으킨다. 빈롱에 왔을 당시 그녀는 서른여덟 살이었다. 아이는 그때 열 살이었다. 기억 속의 그 아이는 지금 열여섯이 되었다.

그 부인은 침실 테라스에 나와서 메콩 강변 거리를 바라본다. 교리문답을 마치고 작은오빠와 함께 집에 돌아올 때마다 나는 그녀를 본다. 침실은 지붕 있는 테라스가 딸린 큰 성의 중앙에 자리 잡았고, 성은 종려나무와 월계장미나무가 자라는 정원 안에 있다. 펠트 모자를 쓴 소녀와 그 부인, 그들에겐 구역 내 보통 사람들과는 다른 한 가지 공통점이 있다. 둘 다 똑같이 강가의 기나긴 거리를 바라본다. 둘 다 똑같이 고립되어 있다. 둘은 여왕만큼이나 외롭다. 두 여자의 불명예는 스스로 자초한 일이다. 두 여자 모두 자신들이 지닌 몸의 기질 때문에, 연인이 애무하고 키스를 퍼부었던 몸, 죽어 버리고 싶을 만한 희열의 치욕에 내맡겨진 몸 때문에 나쁜 평판을 들은 것이며, 두 여자 모두 입속으로 되뇌길, 그런 죽을 것만 같은 희열은 사랑 없는 연인들에게는 신기할 수밖에 없다. 문제는 바로 이 죽어 버리고 싶은 기질이다. 바로 이 기질이 그녀들에게서, 그 여자들의 침실에서 새어 나오며 그 죽음은 너무나 강렬하여 온 도시에, 개간지에, 도청 소재지에, 환영 파티에, 중앙 행정지의 무도회장에까지 알려지고야 마는 것이다.

그 부인은 방금 공식적인 환영 파티를 다시 열고는 이제 끝났다고, 사반나케트의 청년은 이제 망각에 묻혔다고 생각한다. 그래서 그녀는 자기 집에서 무도회를 다시 열기 시작하여 이따금씩 사람들을 만나 끔찍한 고독에서, 네모진 논들 사이의 외딴 삼림 구역에서, 공포에서, 광기에서, 열병에서, 망각에서 벗어나 보고자 했다.

저녁이면 고등학교 출입구에는 어김없이 똑같은 검은 리무진이 나타나고, 똑같이 대담하고도 유치한 모자를 쓰고, 똑같은 금박 장식 구두를 신고, 그녀는 걸어간다. 백만장자 중국인이 자신이 걸친 옷을 하나하나 벗기도록 몸을 내맡기고, 그는 샤워기 밑에서 오랫동안 그녀를 씻기며, 매일 저녁 그녀가 집에서 하듯 항아리에 깨끗한 물을 담아 놓았다가 그녀의 몸을 씻기고, 젖은 몸을 안고 침대로 간 후 선풍기를 틀고 그녀를 포옹하고 키스를, 점점 격렬하게, 온몸에 퍼부으면 그녀는 언제나 더, 더 해 주기를 원하다가 그 후엔 기숙사로 돌아오고, 아무도 그녀를 야단치거나 때리거나 망측하다고 욕하지 않는다.

그가 자살한 건 밤이 이슥할 무렵, 환히 불 밝힌 대광장에서였다. 그녀는 춤을 추고 있었다. 새벽이 왔다. 그는 몸이 뒤틀린 채 쓰러져 있었다. 어느덧 시간이 흘러, 높이 솟은 해가 그의 주검을 비추었다. 아무도 시체에 감히 접근하지 못했다. 경찰이 치울 것이다. 정오가 되고 여객선이 도착하고 나면 아무 일도 없었다는 듯 광장은 깨끗해질 것이다.

어머니는 기숙사 원장에게 말했다. 상관없어요. 그런 건 중요한 게 아니잖아요. 보셨죠? 낡은 이 원피스들이, 장밋빛 모자가, 금박 장식 구두가 그 애에게 얼마나 잘 어울리는지? 어머니는 자식들에 대해 이야기할 때면 기쁨에 취했고 그럴 때면 한층 더 매력적으로 보였다. 기숙사의 젊은 여사감들은 어머니의 말을 열심히 듣는다. 모두가, 결혼을 했든 하지 않았든 이 구역의 모든 남자들이 딸애 주위를 뱅뱅 맴돌지요. 이 어린것에게서, 아직 딱 꼬집어 말할 수 없는 무언가를 기대하면서요. 보세요, 아직 어린아이예요. 몸을 버렸다고요? 이어서 내가 말한다. 아무것도 모르는 제가 어떻게 몸을 버릴 수 있겠어요?

어머니는 말하고, 또 말한다. 자기 딸이 드러내고 매춘을 한다는 소문에 대해 이야기하며 추문이라고 웃어넘긴다. 얘는 아직 철모르는 아이예요. 모자도 바로 쓰지 못한 걸 보세요. 이 애가 강을 건널 때 얼마나 우아하고 아름다운지 보셨어야 해요. 프랑스령 식민지인 이곳의 비할 바 없는 매력에 대해 말하며 어머니는 웃는다. 말하지만, 이렇게 하얀 우리 애가 삼림 구역에 숨어 있다가 갑자기, 젊은 여자 은행장처럼 손가락에 다이아몬드 반지를 끼고 나타나, 대낮에, 모두가 보고 듣는 시내에서 그 미친 백만장자라는 중국인 남자와 관계를 한다고요? 그리고 어머니는 운다.

어머니는 다이아몬드 반지를 보더니는 나직한 목소리로 말했다. 이걸 보니 내 첫 남편이 약혼식 때 준 외알 반지가 생각나는구나. 나는 말한다. 옵스퀴르[13] 씨 말이죠. 우리는 함께 웃는다. 맞아, 그런 이름이었지. 정말 그랬어.

어머니와 나는 오랫동안 서로를 바라보다가 어머니가 아주 부드러운 미소를, 약간 조롱기가 어린 미소를, 자식들에 대해서 깊이 아는, 그리고 훗날 자식들에게 무슨 일이 일어날 것인지 너무나 잘 아는 듯한 미소를 지어서 나는 하마터면 촐론의 남자에 대해 이야기할 뻔했다.

그러나 나는 말하지 않았다. 그 일에 대해 절대 입을 열지 않았다.

어머니는 한참 기다렸다가 사랑이 가득 담긴 목소리로 말했다. 끝났다는 걸 알고 있니? 이 식민지에서는 평생 결혼할 수 없다는 걸? 나는 어깨를 으쓱하며 웃는다. 나는 말한다. 원하기만 하면 난 아무 때고 결혼할 수 있어요. 어머니는 그렇지 않다는 표정을 짓는다. 그렇지 않아. 어머니는 말한다. 여기서는 모든 것이 다 알려지고 말아. 여기선 절대로 불가능해. 어머니는 나를 보면서 잊을 수 없는 말을 한다. 사람들이 너를 좋아해 줄까? 나는 대답한다. 그럼요. 여하튼 사람들은 나를 좋아해요. 그러자 어머니가 이렇게 말한다. 네가 너이기 때문에 너를 좋아하는 거야.

어머니는 또 묻는다. 단지 돈 때문에 그 남자를 만나는 거

---

13) 프랑스어 단어 obscur에는 어두운, 난해한 등의 뜻이 있다.

니? 나는 머뭇거리다 오로지 돈 때문이라고 말한다. 어머니는 또다시 나를 한참 동안 바라본다. 내 말을 믿지 않는다. 어머니는 말한다. 나는 너 같지는 않았어. 너보다 힘들게 공부했고, 아주 진지한 아이였지. 너무 오랫동안, 너무 나이 들도록 그렇게 살다 보니 즐거움을 느끼는 법을 잊고 말았지만.

사덱에서 방학을 보내던 어느 날이었다. 어머니는 흔들의자에 앉아 두 발을 다른 의자 위에 얹은 채 휴식을 취하며 응접실 문과 부엌문을 열어 놓아서 바람이 불어 들어오게 했다. 아주 평온해 보였고 매정한 모습은 보이지 않았다. 그러다 문득 딸을 발견하고는, 딸아이와 이야기를 하고 싶은 충동이 일었다.

머지않아 방파제의 땅을 처분할 거야. 곧 프랑스로 떠날 거야.

나는 어머니가 잠드는 것을 지켜보았다.

가끔씩 어머니는 선포하듯 말하곤 한다. 내일은 모두 사진관에 간다. 어머니는 사진 값이 너무 비싸다고 불평하면서도 가족사진 찍을 돈을 마련한다. 사진, 우리는 그저 사진을 볼 뿐, 사진 속 자기 모습에는 관심이 없지만 한마디 평도 없이, 돌아가며 한 장씩 사진을 들여다본다. 우리는 사진을 통해 우리 가족의 모습을 본다. 자기 이외의 식구들을 한 사람씩, 또는 무더기로 바라본다. 예전 사진을 보면서 식구들의 옛 모습을 떠올리기도 했지만 요즘은 그냥 식구들이 있구나 하며 바라볼 뿐이다. 우리 사이엔 괴리감이 점점 깊어진다. 한번 보고

난 사진들은 속옷가지와 함께 옷장 속에 처박힌다. 어머니는 우리를 보기 위해, 우리가 정상적으로 커 가는지를 보기 위해 사진을 찍게 했다. 어머니는 남의 어머니라도 된 것처럼, 우리를 마치 딴 사람의 자식들인 양 오래도록 바라본다. 사진을 서로 비교해 보고는 우리 한 사람, 한 사람이 어떻게 자랐는가를 이야기한다. 아무도 그 말에 대답하지 않는다.

어머니는 자식들 사진만 찍었다. 다른 건 한 번도 찍은 적이 없다. 그래서 내겐 빈롱 사진은 한 장도, 정원도 강도 타마린드 나무가 쭉 늘어선 프랑스 점령지의 넓은 거리 사진도 없고 그 무엇도, 집도, 검은색에 금칠을 한 철제 침대들이 놓였고 초록색 양철 갓 아래서 빨갛게 달아오른 전등이 학교 교실처럼 하얗게 회칠한 방을 환하게 비추던 은신처 사진도 한 장 없었다. 그 믿을 수 없는 장소의 사진은 한 장도, 단 한 장도 없으며 도망쳐 버리고 싶은 그런 누추한 장소에서 우리는 언제나 임시로 살았고, 어머니는 여기는 임시 거처일 뿐이라고, 나중에 프랑스에 가서 진짜로 자리 잡기 전까지만 살 곳이라고, 어머니의 기분에 따라, 나이에 따라, 우울증에 따라, 파드칼레 지방과 앙트르되메르 지방 사이를 왔다 갔다 하던, 일생 동안 되풀이해 들려주었던 지방에 대해 말했다. 어머니가 언젠가 한 곳에 정착한다면 그곳은 아마 루아르 지방일 것이고 어머니 방은 끔찍한 사덱의 방과 똑같을 것이다. 아마도 어머니는 자신이 들려준 이런 이야기를 다 잊어버렸을 것이다.

그녀는 장소나 풍경 사진은 한 번도 찍지 않았고 오직 우리, 자기 아이들 사진만을 찍었고 거의 항상, 사진 값을 절약하기 위해 우리를 모아 놓고 한꺼번에 찍었다. 우리가 찍힌 몇 장의 서툰 사진들은 어머니의 친구들이 찍은 것인데 식민지에 새로 부임해 온 어머니의 동료들로, 열대 지방의 풍경이나 야자나무, 중국인 인부들의 사진을 찍어 가족에게 보내곤 했다.

어머니는 휴가 기간이면 이상스럽게도 외가 식구들에게 우리 사진을 보여 주곤 한다. 우리는 외가에 가는 걸 싫어한다. 큰오빠와 작은오빠는 한 번도 외가 식구들을 본 적이 없다. 나는 아주 어렸을 때 어머니의 강요로 딱 한 번 그곳에 갔었다. 그 후로 다시는 가지 않았는데 내 난잡한 행실 때문에 이모들이 나와 사촌들을 못 만나게 했기 때문이다. 그래서 어머니는 사진을 보여 주는 일밖에 할 수 없고 그래서 그 사진들을 차근히, 적절하게 꺼내 보임으로써, 이종 사촌들에게 자기 자식들을 보여 주는 것이다. 그럴 의무가 있다고 믿기 때문에, 어머니에게 남은 가족이라곤 사촌들밖에 없기 때문에 어머니는 그들에게 가족사진을 보여 준다. 이런 삶의 모습에서 이 여인에 대해 무엇인가 알 것 같지 않은가? 어떤 일에서도 끝까지 버텨 내는 기질, 어떤 것도 그냥 내버려 두는 일 없이, 사촌들에 대해서와 마찬가지로, 고통이나 고역마저도 포기한다는 건 상상도 못 하는 기질을? 맞다. 내가 어머니에게서 깊은 매력을 발견하는 건 그런 무모한 용기에서다.

늙어서 머리가 하얗게 세었을 때도 어머니는 사진관에 혼자, 짙은 빨간색 원피스를 입고 갖고 있던 두 개의 패물 중 하나인 긴 목걸이를 걸고, 비취에 금테두리가 둘러진 조그만 브로치를 달고 가서는 혼자 사진을 찍었다. 사진 속 어머니는 머리도 잘 손질되어 있고 주름살 하나 없어 마치 그림 같다. 원주민들도 사진관에 가곤 했는데 일생에 단 한 번, 죽음이 가까이 왔음을 의식했을 때였다. 그런 사진은 아주 크고 모두 똑같은 형태로, 금박 액자에 넣어져 조상을 모신 제단 가까이에 걸린다. 많이 보아 왔지만 사진에 찍힌 사람들은 거의 모두 똑같은 모습으로, 그 닮은 모습은 착각을 일으킬 정도였다. 노인들의 얼굴이 모두 비슷하기 때문만이 아니라 모든 사진을 언제나 똑같은 방식으로, 그것도 어찌나 심하게 수정을 하는지 노인들의 얼굴에 그나마 남아 있던 특성마저 희미해져 버린 것이다. 그 얼굴들은 같은 방식으로 영원을 직시하고 있었고, 본래 얼굴은 지워지고 젊게 변모되었다. 바로 그것이 사람들이 원하는 바였다. 이렇듯 비슷비슷한 얼굴로, 그들은 가족 사이에 존재했다는 기억으로 남는 동시에 그들의 개성과 실재성을 증명하는 것이다. 그들이 서로 더 많이 닮으면 닮을수록 같은 핏줄이라는 사실이 더 명백해진다고 여기는 것이 분명했다. 게다가 남자들은 모두 똑같은 터번을 쓰고 여자들은 똑같이 머리를 올려 쪽을 지고 있었으며 남자나 여자나 똑같이 깃을 세운 윗도리를 입고 있었다. 그들의 태도 또한 똑같아 보이는데 나는 지금도 사람들 틈에서 분간해 낼 수 있을 것 같다. 사진 속 붉은 원피스 차림 어머니는 바로 그 원주민들과 다름없어 보여 어떤 이는 고상하다고 말할 것이고 또 다른 이들은 개성이 없다고 생각할 것이다.

그들은 그 일에 대해 두 번 다시 이야기하지 않는다. 그가 아버지에게 그녀와의 결혼을 허락받기 위한 아무런 시도도 하지 않으리라는 건 이제 기정사실이었다. 그의 아버지가 아들을 조금도 동정하지 않으리라는 것 또한 마찬가지였다. 그는 아무에게도 동정심을 느끼지 않는다. 상권을 손아귀에 넣은 중국 화교들 중에서도 푸른 테라스 집에 사는 그 사람은 가장 무섭고 가장 부유하며 그의 부동산은 사덱을 넘어서 멀리 프랑스령 인도차이나의 중국 수도인 촐론까지 이어진다. 촐론의 그 남자는 자신의 아버지와 소녀가 똑같은 결심을 했으며 그 결심이 흔들리지 않으리라는 사실을 안다. 심지어 그녀가 떠나고 둘의 관계가 끝나는 것이 그에게 다행스러운 일이 되리란 얘기에까지 마음이 기울기 시작한다. 그리고 그 소녀가 결혼 상대로는 마땅한 여자가 아니라는 것, 누구와 결혼을 한다 해도 도망칠 여자라는 것, 그러니까 그녀를 포기하고, 잊고, 백인들에게, 그녀의 오빠들에게 돌려주어야 한다는 이야기에도 귀를 기울인다.

그가 소녀의 몸에 미쳐 버린 이후부터 소녀는 자기 몸이 마른 것에 대해 더 이상 고민하지 않았고, 이상하게도 그녀의 어머니 또한 전과 달리 딸의 몸매에 대해 걱정하지 않았으며 마치 어머니 자신도 딸의 몸이 다른 여자들처럼 그럴싸하고 받아들일 만하다는 것을 깨달은 듯했다. 촐론의 연인, 그는 이토록 무더운 날씨가 이 백인 소녀의 성장에 좋지 않다고 생각한다. 그 또한 이런 더위 속에서 태어나고 자랐다. 그래서 그는 이 더위로 인해 자신과 그녀가 공통점을 지니게 되었다고 생각한다. 그는 그녀가 여기, 이 참기 어려운 풍토에서 여러 해를 보내면서 인도차이나 소녀가 되었을 것이라고 말한다. 그래서 이곳 여자들처럼 손목이 가늘고 정기를 다 빨아들인 듯 머리 숱이 많고 길며 특히 피부가, 온몸의 피부가 매끄러운 것은 빗물 덕분이라고, 이곳 사람들이 너나없이 받아 목욕하는 빗물 덕분이라고 생각한다. 그는 프랑스 여인들의 피부는 이곳 여자들의 피부에 비해 거친 편이라고, 건조하다고 할 정도라고 말한다. 생선이나 과일만으로 가볍게 먹는 열대 지방의 식생활도 상관이 있을 거라고 말한다. 또 대부분의 옷을 면이나 명주로 헐렁하게 지어 입기 때문에 옷 속에서 알몸을 자유롭게, 마음대로 움직일 수 있다는 점도 상관이 있을 거라고 말한다.

촐롱의 연인은 이 사춘기 백인 소녀에게 정신을 잃을 정도로 몰두한다. 매일 밤 그녀와 함께 추구하는 희열이 그의 모든 시간을, 그의 인생을 구속한다. 이제 그가 그녀에게 말을 하는 일은 거의 없다. 그녀를 향한 자신의 사랑에 대해 이야기한다 해도 그녀가 이해하지 못할 거라고 생각하는지도 모른다. 사실 그 사랑은 그 자신도 아직 잘 이해할 수 없어서 어떤 말로도 표현할 수가 없다. 어쩌면 그는 그들이 지금껏 단 한 번도 서로 대화를 나누어 본 적이 없다는 사실을, 그저 밤마다 침실에서 신음 소리를 내며 서로의 이름을 부른 것밖에는 없음을 알아차렸는지도 모른다. 그렇다. 나는 그가 그 사실을 몰랐다고 믿고, 그는 자신이 몰랐다는 사실을 깨닫는다.

그는 그녀를 바라본다. 눈을 감고 여전히 바라본다. 그녀의 얼굴 냄새를 맡는다. 어린 소녀의 향기를 들이마시고 두 눈을 감은 채 그녀의 숨, 그녀가 내쉬는 따뜻한 숨결을 들이마신다. 그녀의 육체는 점점 경계가 희미해져 그는 이제 아무것도 분간할 수 없고, 이 육체는 다른 몸들과 달리 무한하며, 침실에서 정해진 형태 없이 점점 확대되고 매 순간 생성되어 그가 보는 곳뿐만 아니라 다른 곳으로, 시야 너머로, 유희와 죽음을 향해 확장되며, 또한 이 육체는 유연하여 마치 성숙한 여자의 육체처럼 완전한 쾌락에 빠지고 속임수가 없으며 놀라운 감각을 지닌다.

나는 그가 내 몸을 즐기는 것을, 내 몸을 어떻게 누리는가를 바라보았고 그런 식으로 육체를 사랑할 수 있다고, 내가 바라던 것을 넘어, 내 육체의 숙명에 적합한 곳까지 나를 데려갈 수 있을 거라고는 생각해 본 적이 없었다. 그렇게 나는 그의 아이가 되었다. 그도 역시 나에게는 또 다른 무엇이 되었다. 나는 그 사람 자체를 넘어서 그의 살갗, 그의 성기가 지닌 표현할 수 없는 부드러움을 느끼기 시작했다. 다른 남자의 그림자, 한 젊은 살인자의 그림자가 그 침실을 지나간 것 같았지만 그때는 알지 못했고, 그때까진 아무것도 내 눈에 보이지 않았다. 한 젊은 사냥꾼의 그림자도 그 침실을 지나갔던 것 같았지만 그 그림자만은, 그렇다, 나는 알고 있었다, 그 그림자는 가끔 쾌락의 순간에도 존재했고 나는 그것을 그에게, 촐론의 연인에게 말했다. 사냥꾼의 육체와 그의 성기와 형언할 수 없는 부드러움과 숲속이나 강가에서의 용맹함에 대해서 그리고 강하구의 검은 표범들에 대해서 이야기했다. 그 모든 것이 그의 욕망을 자극하여 내 몸을 포옹하게 만들었다. 나는 그의 아이가 되었다. 그가 매일 저녁 사랑을 나눈 사람은 그의 아이였다. 이따금 그는 공포에 사로잡혀 그녀도 언젠가는 죽을 운명인 인간이라는 사실을 깨달은 것처럼 갑자기, 그녀의 건강을 걱정하고 그녀를 잃으리라는 생각이 그의 뇌리를 스친다. 그녀가 지나치게 말랐다는 두려움이 돌연 그를 사납게 에워싼다. 그녀가 가끔 두통에 시달리는 것도, 머리가 죽을 만큼 아파서 창백한 얼굴로 꼼짝할 수 없게 되어 이마에 축축한 물수건을 얹고 누워 있곤 하는 것도 두렵다. 그녀가 이따금씩 자기 인생에 대해 품는 혐오감도 그를 두렵게 한다. 이런 혐오감에 휩싸이면 그녀는 갑자기 어머니를 떠올리곤, 이제는 아무것도 돌이킬 수 없고 어머니가 죽기 전에는 행복하게 해 드릴 수가 없으며 이런 불행을 초래한 자들을 죽여 버릴 수도 없다는 생각에 분노의 눈물을 흘리고 소리를 지른다. 그는 그녀에게 얼굴을 갖다 대고 그녀의 눈물을 삼키며, 그녀의 눈물과 분노는 그의 욕망을 자극하여 그는 미친 듯이, 자기 몸 아래 그녀를 짓누른다.

그는 마치 자기 아이를 다루듯이 그녀를 얼싸안는다. 그는 자신의 아이를 그렇게 안아 줄 것이다. 그는 아이의 몸을 가지고 놀고, 아이의 몸을 엎고, 자신의 얼굴, 입, 눈을 아이의 몸에 파묻는다. 그녀는 그가 그런 놀이를 시작할 때 눕혀진 그대로 계속 몸을 내맡긴다. 그리고 갑자기, 이번에는 그녀가 그에게 애원하지만 무엇을 원하는지는 말하지 않고, 그가 잠자코 있으라고, 더 이상 그녀를 원하지 않으며 더 이상 그녀와 하고 싶지 않다고 소리치면 그들 둘 사이에는 공포가 자리 잡고 빗장이 잠기고, 그러다 다시 빗장이 풀리면 눈물 속으로, 절망 속으로, 행복 속으로 그 공포는 사라진다.

저녁 시간 내내 그들은 입을 열지 않는다. 그녀를 기숙사로 데려다주는 검은 승용차 안에서 그녀는 그의 어깨에 머리를 기댄다. 그가 그녀를 끌어안는다. 곧 도착할 프랑스 배가 그녀를 싣고 떠나, 그들을 갈라놓게 되어 다행이라고 말한다. 차가 달리는 동안 그들은 아무 말도 하지 않는다. 몇 번인가 그가 운전기사에게 강변을 따라 한 바퀴 돌아가자고 말한다. 그녀는 지쳐서 그에게 기대어 잠이 든다. 그는 키스를 퍼부어 그녀를 깨운다.

기숙사의 불빛은 푸른색이다. 황혼 무렵에는 언제나 태우는 향 냄새가 난다. 창문을 모두 활짝 열어 놓았는데도 바람 한 점 없이 더위가 괴어 있다. 소리를 내지 않기 위해 구두를 벗지만 나는 태연하다. 사감이 일어나지 않으리라는 것, 이제는 밤마다 언제든 내가 원하는 시각에 돌아와도 된다는 것을 나는 안다. 곧장 H. L.[14]의 자리를 보러 가는데, 낮 동안 그녀가 기숙사에서 도망가지나 않았나 언제나 두렵고 걱정스럽다. 그녀는 자리에 있다. H. L., 그녀는 잘 자고 있다. 떨칠 수 없는, 적과 다름없는 잠에 쫓기던 기억이 난다. 그 수마를 거부하던 기억도. 그녀는 두 팔로 아무렇게나 머리를 감싼 채 자고 있다. 그녀의 몸은 다른 소녀들처럼 편안한 자세로 누워 있지 않아서, 다리는 웅크리고 얼굴은 보이지 않게 파묻혔으며 베개는 미끄러져 떨어져 있다. 나를 기다리며 초조해하고 화를 내다가 그렇게 잠이 들었음이 틀림없다. 또한 울다가 잠이 들었음이 틀림없다. 나는 그녀를 깨워 나지막한 목소리로 함께 이야기하고 싶다. 나는 더 이상 촐론의 남자와는 이야기하지 않고 그도 이제 나와는 말을 하지 않으니 H. L.이 나에게 던지는 이런저런 질문을 듣고 싶다. 그녀에겐 사람들이 하는 말을 듣지 않는 자들과는 비교할 수 없는 주의력이 있다. 그렇지만 그녀를 깨우는 건 불가능한 일이다. 일단 그렇게 한밤중에 잠이 깨면 H. L.은 다시 잠을 이루지 못한다. 그녀는 벌떡 일어나 밖으로 나가고 싶어 하고, 기어이 나가서는 황급히 계단을 내려가 복도를 지나 텅 빈 큰 마당에 이르러 뛰어다니면서 나를 부르고, 그녀가 너무도 행복해하기 때문에 아무도 그런 행동을 말릴 수 없다. 만약 그녀에게서 밖에 나갈 자유를 빼앗는다면 그녀가 어떻게 될지 우리는 잘 안다. 나는 망설

14) 엘렌 라고넬의 이니셜.

이다가 결심한다. 아니야, 깨우지 말아야겠다. 모기장 안은 숨 막힐 듯이 더워서 완전히 닫으면 도저히 견딜 수 없다. 그러나 나는 그게 내가 밖에서, 언제나 밤이면 선선해지는 강변에서 방금 돌아왔기 때문이라는 것을 안다. 나는 그런 더위에 익숙해지기를, 그 더위가 가시기를 가만히 기다린다. 이제 열이 좀 식는다. 이런 새로운 생활로 몹시 피곤한데도 절대 금방 잠드는 법이 없다. 나는 촐론의 남자를 생각한다. 아마 수르스 쪽 어느 나이트클럽에 가서, 운전기사와 함께 말없이 술을, 둘이 함께 있을 때 늘 그렇듯 정종을 마시겠지. 아니면 그는 집에 돌아가서, 언제나처럼 아무에게도 말을 건네지 않고, 침실에 불을 켠 채 잠들겠지. 그날 저녁, 나는 촐론의 남자에 대한 생각에 더 이상 견딜 수가 없다. H.L.에 대한 생각도 참을 수 없다. 그들은 삶을 누리고, 밖에서 이러한 만족을 얻어 낸다는 생각이 든다. 나는 그런 행복을 한 번도 가져 본 적 없는 것 같다. 어머니는 말한다. 이 아이는 무엇에 대해서든 결코 만족하는 법이 없어. 내 인생이 눈앞에 환히 주마등처럼 떠오르기 시작한 것 같다. 벌써 이런 말을 되뇔 줄 알게 되다니, 나는 막연히 죽고 싶은 욕망을 느낀다. 죽음. 이 단어는 벌써 나의 삶과는 분리되지 않는 말이다. 막연히 혼자 있고 싶은 충동을 느끼고 내가 나의 어린 시절을, 그 '사냥꾼의 가족'을 떠난 이후론 한 번도 홀로 있어 본 적이 없었다는 것을 깨닫는다. 나는 책을 쓸 것이다. 바로 이것이 내가 이 순간 너머로 보는 모습이다. 남은 내 생에 펼쳐진 끝없는 사막에서.

사이공에서 날아온 전보에 뭐라고 쓰여 있었는지 기억이 나지 않는다. 작은오빠가 사망했다고 적혀 있었는지, 아니면 하느님의 부름을 받았다고 쓰여 있었는지 모르겠다. 하느님의 부름을 받았다는 말이 맞는 것 같다. 너무나도 명백한 사실이 내 뇌리를 스쳤다. 전보를 보낸 건 어머니일 수가 없다. 작은오빠. 사망. 처음에는 감지할 수 없다가 갑자기, 도처에서, 세상의 밑바닥에서부터 고통이 밀려와 나를 사로잡고, 나를 앗아가며, 나는 아무것도 알아보지 못할 지경까지 이르러 사라져 버리고 단지 고통만이 남는다. 그것이 어떤 고통이었는지 나는 모른다. 바로 몇 달 전 아이를 잃은 고통이 되살아나는 것인지, 아니면 또 다른 새로운 고통인지 모르겠다. 지금 나는 그것이 새로운 고통이었다고 믿는다. 내 아기는 태어나자마자, 내가 그 아이를 알 시간을 가지기도 전에, 죽어 버렸다. 그때는 이처럼 죽고 싶지는 않았었다.

　우리는 잘못 생각했다. 우리가 몇 초 동안 저지른 실수는 온 우주에 파급되었다. 그 놀라운 사건은 신의 차원에서 이루어진 것이었다. 내 작은오빠는 불멸이었고 우리는 그 점을 보지 못했었다. 작은오빠의 불멸성은 그가 살아 있었을 때 그 육신에 가려 있었고 우리는 불멸성이 바로 육신 안에 자리 잡고 있다는 것을 알지 못했다. 작은오빠의 육신은 죽었다. 그의 불멸성도 그와 함께 죽었다. 불멸성이 깃들었던 그의 육체가 사라진 지금, 그의 불멸성 없이도 이렇게 세상은 여전히 돌아가고 있는 것이었다. 실수는 온 우주에 파급되었다. 놀라운 사건이다.

작은오빠, 그가 죽은 이상, 그때부터 모든 것이 그의 뒤를 따라 죽어야만 했다. 그에 의해서. 죽음은 연쇄적으로, 어린아이였던 그에게서 시작되었다.

아이의 시체는 그가 원인이 되어 일어난 모든 사건을 전혀 느끼지 못했다. 그가 이십칠 년의 인생 동안 품었던 불멸성, 그는 그 이름을 몰랐다.

그 누구도 나보다 분명히 보지 못했다. 그리고 내가 그 인식에 도달했던 순간, 너무도 단순하게, 작은오빠의 몸이 또한 내 것이었다는 사실을 깨달은 순간, 나는 죽어야만 했다. 그리고 나는 죽었다. 내 작은오빠가 나를 그에게 데려갔고, 나를 그에게 끌어당겼으며, 나는 죽었다.

사람들에게 그런 사실들을 알려야 할 것이다. 그들에게 불멸성은 유한한 것이고, 불멸성도 죽을 수 있으며, 이미 일어났고 아직도 일어나고 있다는 것을 가르쳐 주어야 한다. 불멸성은 결코, 불멸성으로서 눈에 띄는 것이 아니며 절대적인 이원성이다. 세부적인 것에 존재하지 않으며 단지 근원 속에서만 존재한다. 어떤 사람들은 불멸성의 존재를 품을 수 있는데, 자신이 그렇게 하는 줄을 모른다는 조건에서다. 마찬가지로 또 어떤 사람들은 다른 사람들의 내면에서 그 불멸성의 존재를 간파해 낼 수 있는데 역시 똑같은 조건에서, 즉 그럴 수 있음을 스스로 의식하지 못해야 한다. 이런 불멸성이 살아 있을 때에만 삶은 불멸의 것이 된다. 불멸성이 삶 속에 있을 때, 그것은 길게 사느냐 짧게 사느냐 하는 시간의 문제가 아니다. 영원히 사는 것이 아니다. 우리가 모르는 또 다른 그 무엇이다. 불멸성에는 시작도 끝도 없다고 말하는 것도, 불멸성은 정신의 삶과 함께 시작되어 그것과 함께 끝난다고 말하는 것도 똑같이 거짓말이다. 왜냐하면 불멸성은 정신에도 관여하고 바람을 쫓아가는 것에도 관여하기 때문이다. 사막의 죽은 모래들, 어린아이들의 시체를 보라. 불멸성은 거기로 지나가지 않는다. 거기 머물렀다가 우회한다.

작은오빠의 경우엔 한 치의 결함도, 전설도, 사고도 없는, 순수하고 홀로 짊어진 불멸성이었다. 작은오빠는 사막에서 외칠 일도 없었고 해야 할 말도 없었다. 저세상에서도 또는 이 세상에서도, 아무것도. 그는 교육도 받지 않았고 그 어떤 것도 배우지 못했다. 그는 말할 줄 몰랐고 겨우 읽고 쓸 줄 알았으며 이따금 우리는 심지어 그가 괴로워할 줄 모른다고 생각했다. 그는 이해할 줄 모르는 사람, 겁에 질린 사람이었다.

내가 그에 대해 품고 있는 이 무모한 사랑은 나에게는 그 깊이를 알 수 없는 신비로 남아 있다. 왜 따라 죽고 싶을 만큼이나 그를 사랑했는지, 나는 그 이유를 모른다. 그 일이 일어나기 십 년 전부터 나는 작은오빠와 떨어져 지냈고 오빠에 대한 생각도 거의 하지 않았다. 나는 그를 사랑했고, 그 사랑에는 어떠한 변화도 일어날 것 같지 않았다. 나는 죽음을 잊고 있었던 것이다.

우리는 이야기를 한 적이 거의 없었다. 큰오빠에 대해, 우리의 불행이나 엄마의 불행에 대해, 그리고 평야의 불행에 대해서는 더더욱 말하지 않았다. 그런 것들보다는 오히려 사냥이나 소총, 기계나 자동차에 대한 이야기를 했다. 그는 자동차가 판손된 것에 화를 내고 나서는 그가 나중에 살 자동차와 그 모양을 자세히 묘사해 주곤 했다. 나는 모든 사냥용 소총과 차의 상표를 알게 되었다. 우리는 정신을 똑바로 차리지 않으면 호랑이에게 잡아먹힌다는 이야기는 물론, 급류 속에서 너무 오래 헤엄치면 소용돌이에 휘말려 익사한다는 이야기도 했다. 작은오빠는 나보다 두 살 위였다.

바람이 멈추고, 나무 밑에는 비가 내린 후의 초자연적인 햇볕이 내리쬔다. 새들은 있는 힘을 다해 미친 듯이 울어 대며 찬 공기 속에서, 허공을 향해 부리를 뾰족하게 세우고서 귀가 먹먹해지도록 온 대기를 울린다.

여객선들은 모터를 끄고 예인선에 끌려서, 사이공과 같은 위도에 있는 메콩강 굽이의 항만 시설까지 사이공 강변을 거슬러 올라왔다. 메콩강의 지류인 이 굽이는 '사이공 강'이라 불린다. 기항은 총 여드레였다. 부두로 들어오는 배들 사이로 프랑스호(號)가 보였다. 우리는 그 배로 저녁을 먹으러 갈 수도 있었고 춤을 추러 갈 수도 있었지만 어머니에게 너무 비싼 장소인 데다가 어머니는 그런 곳에 갈 필요도 없었다. 그러나 그와는, 쵤론의 연인과 함께라면 갈 수 있었다. 그러나 그는

너무도 어린 백인 소녀와 함께 있는 모습이 남들 눈에 띌까 두
려워 가지 않았고, 그가 말한 적은 없지만, 그녀는 알고 있었
다. 그 당시에는, 지금으로부터 그리 오래지 않아 겨우 오십
년 전에 불과한데도 외국 여행을 가려면 배를 타는 방법밖엔
없었다. 대부분의 대륙에는 아직 도로도 철도도 없었다. 수백,
수천 제곱킬로미터나 되는 땅에 아직도 선사시대의 길밖에 없
었다. 해운 회사의 멋있는 여객선들은 포르토스호, 다르타냥
호, 아라미스호[15])라고 불리는 배들로, 인도차이나와 프랑스
를 왕래하는 노선의 삼총사였다.

  그 여행은 팔십 일간이나 계속되었다. 그 노선의 여객선에
는 도시처럼 길도 있고 바, 카페, 도서관, 응접실이 있었으며
만남, 연애, 결혼, 죽음도 있었다. 우연으로 사회들이 형성되었
고, 그것은 피할 수 없는 일이었으며 사람들도 그런 사실을 알
고 잊지 않음으로써 그곳은 살 만한 곳, 때로는 잊을 수 없는
즐거움이 깃든 곳이 되었다. 여인들의 유일한 여행도 그곳이
었다. 대부분의 여자들에게는, 때로는 몇몇 남자들에게도 식
민지로 가는 여행은 진정한 모험을 해 볼 수 있는 유혹이었던
것이다. 어머니에게 그 여행은 우리의 어린 시절과 더불어 '인
생 최고'라고 부르는 순간들이었다.

---

15) 알렉상드르 뒤마의 소설, 『삼총사(Les Trois Mousquetaires)』에 나오는
세 주인공의 이름.

출발. 언제나 똑같은 출발이었다. 언제나 바다를 향한 첫 번째 출발이었다. 육지와의 이별은 늘 고통과 절망 속에서 이루어졌지만 남자들이 떠나는 것을 유태인도, 사색가도, 혼자 배를 타고 여행하는 순수한 여행자도 막지는 못했으며 또한 여자들이 그들을 그냥 떠나게 내버려 두는 것도 막지 못했고, 여자들은 결코 떠나지 않고 태어난 고장, 민족, 재산과 남자들이 돌아올 이유를 지키며 남아 있었다. 수 세기 동안 범선들은 여행을 오늘날보다 훨씬 느리고 더욱 비극적이게 했다. 여행 거리가 멀어지는 만큼 자연히 여행 기간도 길어졌다. 사람들은 육지에서나 바다에서나 그런 인간적인 느린 속도에 익숙했고 연착이나 바람, 안개가 걷히는 것, 난파, 태양, 그리고 죽음에도 익숙했다. 그 어린 백인 소녀가 알던 여객선은 이미 이 세상 마지막 우편선들 중에 끼어 있었다. 실제로 첫 비행기 노선의 등장으로, 사람들이 바다를 건너면서 누리던 여행의 인간미를 차차 잃어 갔던 것은 그녀가 아직 어렸을 때였다.

우리는 여전히 매일 촐론의 독신자 아파트로 갔다. 그는 전과 다름없이 한참 동안을 그렇게, 예전처럼 행동했다. 항아리 물로 나를 씻긴 다음, 침대로 안고 갔다. 그러곤 내 곁에 다가와서 누웠으나 그에게는 힘도, 정력도 사라지고 없었다. 출발 날짜는 아직 멀었지만 일단 확정된 이상 그는 더 이상 나의 몸에 아무런 행동도 할 수가 없었다. 그도 모르는 사이에 갑자기 그렇게 된 것이다. 그의 육체는 곧 떠나려 하는, 그를 배반하려 하는 여자를 더 이상 원하지 않았다. 그는 말했다. 더 이상 너를 가질 수가 없어. 아직 할 수 있으리라 믿었는데 더이상 할 수가 없어. 그는 자신이 죽은 것이나 다름없다고 말했다. 그는 미안해하며 아주 부드러운 미소를 지었고 그의 사라진 욕망이 아마도 다시는 돌아오지 않을 것 같다고 말했다. 나는 그에게 이런 걸 바라지 않았느냐고 물었다. 살짝 웃으며 그가 말했다. 모르겠어. 하지만 지금은 그런 것 같아. 고통 속에서도 그는 다정함을 잃지 않았다. 그는 이 고통에 대해 말하지 않았다. 고통에 대해 단 한마디도 하지 않았다. 때때로 얼굴에 경련이 일 때면, 그는 눈을 감고 이를 악물었다. 하지만 그가 눈을 감아도 보이는 그 모습에 대해서는 아무 말도 하지 않았다. 그가 이 고통을 사랑하는 것 같다고, 나를 사랑하듯 아주 강렬하게, 죽음에 이를 정도로 고통을 사랑하는 것 같다고, 그리고 아마도 지금은 그 고통을 나보다 더 사랑한다고 할 수 있을 정도였다. 이따금 그는 내게, 내가 원하는 것이 무엇인지를 알기 때문에 나를 애무하고 싶다고, 희열의 절정에 이른 순간의 내 얼굴을 보고 싶다고 말했다. 그는 나에게 희열을 느끼게 해 주었다. 그는 나를 바라보며 그의 아이를 부르듯 불렀다. 우리는 이제 다시는 만나지 않기로 했지만 가능한 일이 아니었다. 그전에도 불가능했었다. 매일 저녁 나는 학교 앞에 세워 놓은 검은 승용차 안에서 부끄러워 얼굴을 돌리고 있는 그를 다시 만나곤 했다.

출발 시각이 가까워 오자 배는 아주 길고 힘찬 기적 소리를 세 번 울려서 그 소리는 온 시내 구석구석까지 들렸고, 항구 쪽 하늘은 어두워졌다. 예인선이 다가가더니 배를 강 중간 지점까지 끌어냈다. 그러고는 밧줄을 풀고 항구 쪽으로 되돌아갔다. 그러자 배가 또다시 끔찍한 신음 소리를 토해 내며 또한 번 작별 인사를 하자 너무나 신비로우면서도 구슬픈 소리에 사람들은, 여행을 떠나는 사람들뿐만 아니라 헤어지는 사람들, 구경 왔던 사람들, 또 특별한 이유 없이 왔던 사람들, 떠올릴 이가 없는 사람들까지도 눈물 흘렸다. 배는 천천히, 서서히, 강에서 미끄러져 갔다. 바다 쪽으로 나아가는 높은 선체가 오랫동안 보였다. 많은 사람들이 거기에 서서 배를 바라보며 스카프나 손수건을 흔들었고, 그 손짓은 점점 느려지고 맥이 빠져 갔다. 마침내 수평선은 그 만곡 속으로 선체를 삼켜버렸다. 맑은 날에는 배가 천천히 가라앉는 것이 보였다.

그녀가 운 것도 배가 첫 번째 작별의 고동을 울렸을 때, 배의 트랩이 올라가고 예인선이 배를 끌어당겨서 배가 육지로부터 멀어지기 시작한 그때였다. 그가 중국인이고, 그들과 같은 연인들은 눈물을 흘려선 안 되기 때문에 그녀는 눈물을 보이지 않고 울었다. 엄마와 작은오빠의 눈에 띄지 않게 그녀는 괴로워했고 그들 사이의 습관대로 아무런 내색도 하지 않았다. 그의 큰 승용차가, 길고 검은 승용차가, 앞자리에는 흰옷을 입은 운전기사가 앉아 있는 승용차가 거기 있었다. 해운 회사의 주차장에서 약간 떨어진 곳에 홀로. 그 모습 때문에 그녀는 그의 승용차를 알아볼 수 있었다. 뒷자리에 보일 듯 말 듯 앉아 아무런 미동도 없이 풀 죽어 있는 것이 그였다. 그녀는 맨

처음 배에 탔을 때처럼 난간에 팔을 괴었다. 그가 그녀를 바라보고 있다는 것을 그녀는 알았다. 그녀도 그를, 더 이상 그가 보이진 않았지만 검은 승용차를 계속해서 바라보았다. 마침내 승용차도 보이지 않게 되었다. 항구가 시야에서 사라졌고, 곧이어 육지도 사라졌다.

중국해, 홍해, 인도양, 수에즈 운하를 지나, 아침에 일어나 보니 배는 이미 도착해 있었고 배의 동요가 없다는 사실이 사람들에게 배가 도착했음을 알려 주었다. 배는 해변으로 다가가고 있었다. 그전에는 우선 대양이 있었다. 광대무변하고 그 끝은 남극에 이르는 대양. 기항지들 중 서로 가장 먼 것은 스리랑카와 소말리아였다. 때때로 대양은 정말로 잔잔하고 날씨가 너무나 맑고 온화해서 마치 바다가 아닌 다른 곳을 여행하는 것 같았다. 그럴 때면 배에 있는 창문들이 모두, 응접실 창문도, 통로 창문도, 그리고 현창까지도 모두 열렸다. 승객들은 찌는 듯한 선실을 빠져나와 갑판 위에서 잠을 잤다.

여행 도중, 대양을 횡단하던 어느 늦은 밤, 누군가가 죽었다. 그 여행 중이었는지 아니면 또 다른 여행 중 일어난 일이었는지는 잘 생각나지 않는다. 일등칸의 바에서 카드놀이를 하는 사람들이 있었다. 이들 가운데 한 청년이 있었는데, 어느 순간 이 청년은 말 한마디 없이 자기 카드를 내려놓고 바에서 나가더니 갑판을 가로질러 달려가 바다에 몸을 던졌다. 전속력으로 항해 중이던 배가 멈추는 동안 시체는 사라져 버렸다.

아니, 이 글을 쓰면서 그녀는 배가 아니라 또 다른 장소, 그 이야기를 들은 장소를 본다. 사택에서였다. 그 청년은 사택 행정관의 아들이었다. 그녀는 그를 알고 있었고 그 역시 사이공 고등학교에 다니고 있었다. 그녀는 그의 큰 키, 온화한 얼굴, 갈색 머리, 뿔테 안경을 기억한다. 그의 선실에서는 아무것도, 편지 한 장 발견되지 않았다. 기억 속 그의 나이는 끔찍하게도, 언제나 똑같이 열일곱 살로 남아 있다. 배는 새벽에 다시 출발했다. 가장 참을 수 없었던 것은 바로 그것이었다. 해는 떠오르고 바다는 텅 비었으며 사람들은 수색을 포기하기로 결정한다. 그리고 떠난다.

또 한번은, 역시 그 여행 중이었는데, 대양을 횡단하는 동안 매일 똑같은 밤이 계속되었다. 그날도 다른 날과 다름없는 밤이 시작되었을 때 중앙 갑판 큰 응접실에서 쇼팽의 왈츠가 울려 퍼졌다. 몇 달 동안이나 그 곡을 배우려 애썼지만 한번도 정확하게 칠 수가 없었기 때문에 그녀가 비밀스럽고 은밀하게 알고 있던 곡이었고 마침내 어머니도 그녀가 피아노를 포기하는 것을 받아들였다. 그녀의 기억 속에서 수많은 밤과 밤 사이에 흐릿해져 버린 그날 밤에 대해 그녀는 갑자기 확신이, 한 어린 소녀가 그 배 위에서 밤을 보냈고 별이 반짝이는 밤하늘 아래 쇼팽의 음악이 큰 소리로 울려 퍼지던 순간, 그녀가 거기 있었다는 확신이 들었다. 바람 한 점 없었고 음악은 어두운 여객선 구석구석까지, 무엇과 관계 있는지 알 수 없는 하늘의 지시처럼, 뜻을 알 수 없는 신의 명령처럼 울려 퍼졌다. 소녀는 마치 이번에는 자기가 달려가 자살하려는 것처럼, 바다에 몸을 던지려는 것처럼 일어섰고, 촐론의 그 남자가 생각났기 때문에 울음을 터뜨렸으며 불현듯 예전에 자신이 그에게 품었던 감정이 스스로도 미처 깨닫지 못했던 어떤 사랑이었는지 확신할 수 없었다. 이제 그는 모래에 스며든 물처럼 이야기 속으로 사라져 버렸고, 이제야, 쇼팽의 음악이 바다를 건너 큰 소리로 퍼지는 지금 이 순간이 되어서야 그녀가 그를 겨우 다시 기억해 냈기 때문이다.

작은오빠가 죽은 후에야 그의 불멸을 기억해 냈듯이.

주위 사람들은 음악 소리에 잠이 깨기는커녕 음악에 감싸인 듯 평온하게 자고 있었다. 소녀는 인도양에서는 결코 볼 수 없었던 평온한 밤을 지낸 것 같다고 생각했다. 작은오빠와 한 여자가 갑판에 함께 나오는 것을 보았던 것도 바로 그날 밤이었다는 생각이 들었다. 그는 난간에 팔을 괴었고 여자가 그를 껴안았으며 그들은 입을 맞추었다. 더 잘 보기 위해 소녀는 몸을 숨겼다. 그녀는 여자를 알아보았다. 벌써부터 작은오빠와 붙어 다녔다. 결혼한 여자였다. 끝난 거나 다름없는 부부 관계였다. 그녀의 남편은 아무것도 눈치채지 못한 것 같았다. 여행 마지막 며칠 동안 작은오빠와 그 여자는 온종일 선실에 있다가 저녁이 되어서야 밖으로 나오곤 했다. 이 며칠 동안 작은오빠는 어머니와 누이를 보고도 알아보지 못하는 것 같았다. 어머니는 난폭해졌고 말이 없어졌으며 질투심에 가득 찼다. 그리고 그의 누이, 그녀는 울었다. 그녀는 행복하다고, 그렇게 믿었으며 동시에 훗날 작은오빠에게 일어날 일들이 두려웠다. 그녀는 작은오빠가 자기들을 버리고 그 여자와 함께 떠나리라고 생각했지만 천만에, 오빠는 프랑스에 도착하자 다시 어머니와 누이에게로 돌아왔다.

백인 소녀가 떠나고 얼마만큼의 시간이 흐른 후에 그가 아버지의 명령에 복종했는지, 아버지가 그에게 강요하던 그 결혼을 언제 했는지 그녀는 알지 못한다. 십 년 전부터 집안에서 정해 놓은, 금과 다이아몬드 그리고 비취를 휘감은 소녀. 북부 푸순 출신으로, 가족을 동반하고 온, 그와 같은 중국 여자.

그는 오랫동안 그 여자와 동침할 수 없었을 것이며 재산을 물려줄 상속자를 임신시킬 수 없었을 것이다. 백인 소녀의 추억이 거기에, 침대를 가로질러 몸을 눕히고 있었을 것이다. 그녀는 그에게 오랫동안 욕망의 여왕으로 남아 있었을 것이고 그가 감정이나 무한한 애정, 어둡고 끔찍한 육체의 깊이를 느낄 때면 언제나 그녀가 떠올랐을 것이다. 그러던 어느 날, 그 모든 것이 가능해졌을 것이다. 바로 그날, 백인 소녀에 대한 욕망이 참을 수 없을 정도에 이르러 무한하고 강렬한 열기 속에서 들뜬 것처럼, 그녀의 모습을 고스란히 되찾을 수 있을 것처럼 느꼈을 것이고 그래서 그녀, 백인 아이에 대한 욕망을 다른 여자의 몸에 쏟아부었을 것이다. 그리고 착각 속에서 그 여자의 몸을 범했을 것이고, 또 착각 속에서, 집안사람들과 하늘

이, 북부의 조상들이 그에게 기대하는 것, 즉 가문을 이을 상속자를 임신시켰을 것이다.

아마도 그 여자는 백인 소녀의 존재를 알았을 것이다. 우리 이야기를 아는 사덱 출신 하녀들을 부리고 있었으니 그 하녀들이 모두 말해 주었을 것이다. 그녀가 그의 고통을 모를 리 없었다. 그녀와 백인 소녀는 둘 다 똑같이 열여섯 살이었던 것 같다. 그날 밤 그녀는 남편이 우는 것을 보았을까? 그리고 그런 남편을 보고서 그를 위로했을까? 열여섯 살 소녀, 1930년대의 그 중국인 약혼녀는 쓰라린 아픔을 감당하면서, 간통한 남편의 마음의 고통을 무례하지 않게 위로할 수 있었을까? 누가 알겠는가? 어쩌면 그녀가 잘못 알았는지도 모른다. 어쩌면 그녀는 밤새 한마디도 없이 그와 함께 울었을지도 모른다. 그리하여 눈물이 그치고 사랑이 찾아왔을지도 모른다.

그녀, 백인 소녀, 그녀는 그런 일들에 대해서 결코 알 수 없었다.

전쟁, 몇 번의 결혼, 아이들, 몇 번의 이혼, 몇 권의 책 이후 몇 해가 흘렀을 때 그가 부인과 함께 파리에 왔다. 그는 그녀에게 전화를 걸었다. 나야. 그녀는 목소리에서 이미 그인 줄 알았다. 그는 말했다. 그냥 당신 목소리가 듣고 싶어서. 그녀가 말했다. 나예요. 안녕? 그는 긴장했고, 예전처럼 두려워하고 있었다. 갑자기 그의 목소리가 떨렸다. 그 떨리는 음성 속에서 문득, 그녀는 중국 억양을 다시금 알아보았다. 그는 그녀가 책을 쓰기 시작했다는 것을, 사이공에서 다시 만난 어머니를 통해 알고 있었다. 그리고 작은오빠에 대해서도 알고 있었으며 그녀를 생각하며 슬퍼했다고 말했다. 그러고는 무슨 말을 해야 할지 몰라 했다. 그는 잠깐 뜸을 들인 후 이렇게 말했다. 그의 사랑은 예전과 똑같다고, 아직도 그녀를 사랑하며, 결코 이 사랑을 멈출 수 없을 거라고, 죽는 순간까지 그녀를 사랑할 거라고.

파리 노플르샤토에서

1984년 2월~5월

작품 해설
광기의 기원, 『연인』

프랑스는 20세기에 저명한 여성 작가들을 많이 배출하였다. 이 중에는 가장 먼저 등단한 시도니 가브리엘 콜레트, 소설가이자 수필가, 실존주의 작가로 널리 알려진 시몬 드 보부아르, 실존주의 작가들과 가까웠던 나탈리 사로트, 작품의 난해함에도 대중적 인기를 얻은 마르그리트 유르스나르, 또 소설, 희곡, 시나리오 등 다양한 장르에서 눈부신 활약을 보여 준 마르그리트 뒤라스가 있다. 그런가 하면 순수문학의 범주에서는 벗어났지만 세계적 인기를 누린 작품들을 쓴 프랑수아즈 사강 같은 작가도 있고, 페미니즘 운동의 대표적 이론가 엘렌 식수와 뤼스 이리가레, 불가리아 출신이지만 정확한 프랑스어를 구사하는 쥘리아 크리스테바 역시 크게 명성을 얻은 평론가 겸 소설가다. 이러한 여성 작가들 중에서도 마르그리트 뒤라스는 다양한 장르의 작가로 프랑스 문단에서 특별한 위치를 차지한다. 대부분의 작품에서 아시아, 특히 인도차이나를 배경으로 삼은 뒤라스는 과연 어떤 작가이며, 어떻게 글을 쓰게 되었을까.

마르그리트 뒤라스의 본명은 '마르그리트 도나디외'다. 필명인 '뒤라스'는 아버지의 별장이 있던 곳의 지명을 따온 것이다. 뒤라스는 1914년 베트남의 사이공(현 호찌민) 근교 자딘에서 태어났다. 부모는 모두 초혼이 아닌 재혼이었다. 아버지는 프랑스 남서부 출신 수학 교사였고 어머니는 프랑스 북부의 가난한 농부 집안 출신 프랑스어 교사였다. 결혼한 지 얼마 되지 않아 아버지가 캄보디아의 수도 프놈펜으로 발령받지만, 전염성 이질에 감염되어 프랑스로 후송되고 뒤라스가 네 살 되던 해에 세상을 떠난다. 그리하여 어머니 혼자서 두 아들과 딸 뒤라스를 양육하게 된다. 생활은 당연히 어려울 수밖에 없었고, 식구들은 어머니의 인사이동에 따라 캄보디아와 베트남 여러 지방을 이사 다녀야 했다. 그러다 보니 열한 살 무렵까지 뒤라스는 프랑스어보다 베트남어를 더 유창하게 구사하였다. 1932년 고등학교를 마친 뒤라스는 프랑스로 영구 귀국한다. 그녀는 수학을 전공하고 싶었지만 수학에는 소질이 부족하여 정치학과 법학을 공부한다. 대학을 마치고 연구원 겸 비서로 식민지청에 취직을 하여 스스로 생계를 꾸려 나가다가 얼마 뒤에는 로베르 앙텔므와 결혼한다. 1940~1942년 무렵에는 필리프 로크와의 공저로 첫 저서 『프랑스 제국』을 출간하는데, 오직 그 저서에서만 본래 성인 '도나디외'를 사용한다.

1943년은 뒤라스에게 새로운 계기를 마련해 준다. 플롱 출판사에서 소설 『철면피들』을 출간한 것이다. 그녀는 이 소설에서 '뒤라스'라는 필명을 처음으로 사용하였고 그 후 모든 저서에 이 이름을 사용하면서 평생 마흔여 권의 작품들을 집필하는 왕성한 창작력을 보여 주었다.

뒤라스는 문단과 학계의 저명인사들, 즉 조르주 바타유, 모리스 메를로퐁티, 에드가르 모랭 등과 교류하는 한편, 독일 강점기인 2차 세계 대전 중에는 프랑수아 미테랑 등과 함께 레지스탕스 운동에 가담한다. 1944년에는 프랑스 공산당에 가입하지만 1950년에 당에서 제명된다. 당시 남편이었던 로베르 앙텔므가 나치에 의해 강제 수용소에 보내진 후 그의 귀환을 기다리며 겪은 심적 괴로움과 슬픔은 1985년 『고통』이라는 소설로 다시 태어난다. 그리고 그보다 한 해 전인 1984년에 출간한 『연인』은 뒤라스를 세계적으로 주목받게 해 주었을 뿐 아니라 프랑스에서 가장 권위 있는 문학상인 공쿠르 상을 안겨준다. 사실 그녀의 소설들이 이렇게 유명해지기 전부터 뒤라스는 저명한 연출가 알랭 레네의 영화 「히로시마 내 사랑」의 시나리오 작가로도 널리 알려져 있었다.

뒤라스는 정치, 사회 운동에도 적극적이었는데 그중에서도 특히 알제리 전쟁 반대 운동에 열성적으로 참여하였다. 그러나 그녀의 정치적 일관성에 대해서는 논란이 많다. 일례로 그녀는 프랑스의 핵 실험에 반대하는 그린피스의 선박을 폭파해야 한다고 주장함으로써 사람들의 고개를 갸우뚱하게 만든 적도 있다. 그러나 이렇게 실생활에서 정치 성향이 두드러졌던 것과는 달리 작품에 어떤 주의, 주장이나 사상이 담긴 경우는 거의 없다.

작가들이 능력을 인정받고 대중적인 인기를 누리는 데는 작가 개인이 지닌 매력도 일익을 담당한다. 작가로서 뒤라스만의 독특한 색깔은 무어라 설명할 수 있을까. 그 특색을 한마디로 집약하기는 어려울 것 같다. 뒤라스를 20세기를 대표하는 50인의 지성인이자 철학가, 작가 중 한 명으로 선정한 존 레흐트 교수는 "유별난 독특함이 있"는 뒤라스의 문체가 가끔은 "누보로망의 실험적 사실주의를 떠올리게 하"고, 스토리 흐름은 느리게 하며 짧은 문장은 세부 사항들에 초점을 맞춘다고 설명한다.[1]

이러한 경향들을 고려해 볼 때 뒤라스의 미학은 포스트모더니즘과 가장 가깝지 않을까 생각한다. 물론 포스트모더니즘이라는 사조의 복잡다단한 성격 때문에 무엇이라고 단정할 수는 없지만 고전적이면서도 대중적이고, 전통적인 틀에서 벗어나 장르를 파괴하며, 새로운 형태의 글쓰기를 보여 준다는 점에서 뒤라스의 글쓰기는 포스트모더니즘에 가장 가깝다고 할 수 있을 것이다.

쥘리아 크리스테바는 『검은 태양』에서 정신분석학을 통해 뒤라스의 죽음에 대한 공포, 광기, 심적 불안, 난폭성, 고통과 슬픔 등을 설명한다. 크리스테바는 주인공을 괴롭히는 악이나

---

1) John Lechte, Fifty key contemporary thinkers(Routlege, 1994), 237
~241쪽.

슬픔의 전개를 관통하는 유머가 뒤라스에게는 없다고 꼬집으면서, 그녀의 작품에서는 "죽음과 고통이 텍스트의 거미줄이다."라고 분석한다. 또한 뒤라스의 몇몇 텍스트가 우리로 하여금 광기의 절정을 관찰할 수 있게 한다는 사실도 지적한다.[2]

뒤라스 연구가 김혜동 교수는 "뒤라스는 자신의 작품을 통하여 자신의 유년 시절을 재현하는 대표적 작가"라면서 "유년 시절 기억의 창고는 '자아의 자료실'이고 융이 말하는 '그림자'이며 '내부의 그늘'이다."라고 설명한다.[3] 그 밖의 여러 연구가 및 비평가 들의 지적까지 포함하여 종합해 볼 때, 정신분석학적인 접근은 뒤라스의 작품 세계를 이해하는 데 중요한 열쇠가 될 수 있을 것이다.

독자는 뒤라스의 작품을 통해 작가의 과거를 엿볼 수 있다. 하지만 뒤라스의 진정한 매력은 독자 자신이 과거에 느꼈던 섬세한 감정들을 되살려 준다는 데 있다. 그녀의 문장들은 독자들의 궁금증과 호기심을 유발할 뿐만 아니라, 현장감을 주는 데에서 한발 더 나아가 독자 자신과 주인공을 동일시하게 만드는 마력을 지녔다. 뒤라스는 단순히 사건을 나열하며 과거를 기록하지 않고, 과거에 느꼈던 감정을 마치 지금 느끼고 있는 것처럼 기술하며 작품을 이끌어 간다. 자전적 요소가 많이 담긴 『연인』 같은 작품을 '소설'이라 부를 수 있는지에 대한 의견이 일치하지 않는 이유 또한, 뒤라스가 앞서 설명한 것과

---

2) 쥘리아 크리스테바, 김인환 옮김, 『검은 태양』, 동문선, 2004, 281~327쪽.
3) 김인환 외, 『프랑스 문학과 여성』, 이화여자대학교 출판부, 2003, 304~324쪽.

같은 특징들을 지닌 새로운 장르를 만들어 내었기 때문이라 할 수 있겠다.

뒤라스 연구가나 비평가 들의 지적에는 공통점이 있다. 뒤라스가 간결한 문장, 절제된 문체, 잘 다듬어진 언어를 구사한다는 것이다. 그녀는 난폭한 장면도 있는 그대로 표현하지 않고 가능한 한 잘 포장하여 간접화법으로 충격을 완화한다. 크리스테바는 주어 없는 문장들을 문제점으로 지적했지만 이러한 주장을 일반화하기는 어렵다. 명목상의 주어가 생략되었어도 문장 해석에 별 지장이 없는 경우가 많고, 또 그것이 그렇게 중요한 문제라고 볼 수는 없기 때문이다. 그보다는 자전적 이야기를 소재로 삼다 보니 똑같은 등장인물과 장면 묘사가 여러 작품에 반복적으로 등장한다는 사실을 지적해야 할 것이다. 『롤 베 스타인의 환희』라는 작품에서 주인공 롤 V. 스타인은 약혼자를 안마리에게 빼앗긴다. 또 다른 작품 『부영사』에서 안마리는 자크와의 결혼으로 자신이 원하던 바를 성취한 듯 보이지만 속으로는 공허감과 슬픔을 느낀다. 그녀는 옛 친구 타티아나와 자크의 정사 장면을 몰래 훔쳐보면서, 남편의 품에 안긴 타티아나와 자신을 동일시한다. 여기에서 『롤 베 스타인의 환희』의 롤 V. 스타인은 『부영사』의 안마리와, 『롤 베 스타인의 환희』의 안마리는 『부영사』의 타티아나와 겹친다. 쾌락만을 추구하던 타티아나가 괴로움에 빠지면서, 안마리와 타티아나는 『부영사』라는 한 작품 안에서도 마치 복사판처럼 똑같은 모습으로 겹친다.

또 다른 작품 『그녀는 말한다, 파괴하라고』의 등장인물들은 서로가 서로의 분신이다. 엘리자베트는 딸아이를 사산한 후 우울증으로 입원해 있던 중에, 동성애 관계인 두 남자 스탱과 (스탱의 분신과 같은) 막스를 만난다. 이 두 남자는 막스의 아내 알리사를 사랑하는 동시에 엘리자베트에게도 매료된다. 알리사는 엘리자베트의 모습에서 자신의 모습을 발견하고, 거기서 한 걸음 더 나아가 엘리자베트가 한 말을 따라 하고 그녀의 과거를 증언하며 미래를 예언하는 데까지 이른다. 그런데 그 미래 속에서 알리사가 보는 것은 반복과 분신 들뿐이다.

뒤라스가 가족 중에서 가장 좋아하고 사랑했던 작은오빠는 『연인』을 비롯한 여러 작품에 반복적으로 등장한다. 『태평양을 막는 제방』에서는 조제프라는 인물이 되어 함께 춤을 추고 수영을 즐기는가 하면 「에덴 시네마」에서는 주인공으로 등장한다. 다음과 같은 『연인』 속 대목은 큰오빠에 대한 증오와 작은오빠에 대한 사랑을 잘 보여 준다.

나는 큰오빠를 죽이고 싶었던 것이다. (······) 특히 그것은 작은오빠를, 때로는 내 아이처럼 여겨지는 그를 짓누르고 올라선 큰오빠의 생기 넘치는 삶에서 구해 주기 위해서였으며(······)

작품 『북중국의 연인』에서는 작은오빠 이야기가 보다 상세하게 그려지고, 『보아 뱀』에서는 그에 대한 연민의 추억이 모성적인 애착과 함께 되살아난다.

앞서 언급한 작품 『부영사』를 「인디아 송」이라는 제목으로 영화화하고 「히로시마 내 사랑」의 시나리오를 집필한 뒤라스는 '영화'라는 예술과 특별한 관계를 맺은 작가이다. 문체의 약점을 덮어 주지는 못해도 언어의 허약함을 보충해 주는 것이 영상 예술인 영화의 특징이라고 생각한 것이다. 영화의 영상 미학이나 무대 공연은 등장인물의 육체, 몸짓, 음성, 조명, 환경 등을 토대로 관객의 감정을 풍부하게 해 주고 의미의 연상 작용을 촉발하면서 관객의 뇌리에 깊은 인상을 심어 주는 예술이다. 미래를 통찰하는 혜안이 있었던 뒤라스는 일찍부터 연극과 영화의 매력에 눈을 떠서, 여러 가지 형태로 이 예술 장르들과 특별한 인연을 맺는다. 1958년에는 르네 클레망 감독이 『태평양을 막는 제방』을, 1960년에는 피터 브룩 감독이 『모데라토 칸타빌레』를 영화화하였다. 또 같은 해에 뒤라스가 시나리오 『히로시마 내 사랑』을 갈리마르 출판사에서 출간한 후, 1961년 알랭 레네 감독이 이 작품을 영화화하여 세계적인 반향을 불러일으키기도 했다.

그 이외에도 뒤라스는 1966년에 폴 스방과 함께 「라 뮈지카」를 공동으로 감독하였고, 1969년에는 『그녀는 말한다, 파괴하라고』를 영화화하였다. 또 1973년에는 프랑스 국영 방송국이 드라마화한 「갠지스 강의 여인」 제작에 참여하였고, 1975년에는 『부영사』를 영화화한 「인디아 송」의 각색 및 감독을 맡아 시적 감수성이 담긴 독특한 연출력을 보여 주었다. 1976년에는 소설 『숲속의 나날들』이 영화화되는 한편, 유명한 배우 겸 연출가인 장루이 바로에 의해 연극으로 각색되기도 했다. 1982년에는 뒤라스가 각본과 감독을 맡은 「로마의 대화」를 이탈리아 방송국에서 제작했다. 세상에 공개되지는 않

았지만 뒤라스가 각본을 쓰거나 감독을 맡았던 영화들은 이
밖에도 여러 편 있는 것으로 알려져 있다. 이러한 사실들은 뒤
라스가 일찍부터 영화의 중요성을 인식한 작가였음을 말해
준다.

이제 작품 『연인』에 대해 보다 자세히 알아보자.

공쿠르 상 수상작이라는 점을 제외하더라도 『연인』은 여러
면에서 뒤라스의 작품 세계를 대표하는 작품이라 할 수 있다.
앞서 언급한 것처럼, 뒤라스의 작품들은 정신분석학적 관점에
서 고찰될 수 있는데, 특히 『연인』은 그러한 관점에 잘 부합한
다. 어떤 근거에서 그런 주장을 할 수 있을까.

우선 모든 등장인물들이 일종의 광기를 보여 주기 때문이
다. 주인공 소녀는 자세한 묘사를 삼가긴 하지만 어머니가 '미
쳤다'는 사실은 분명하게 언급한다. 큰오빠와 하인 도가 그런
증언을 하며 다른 사람들 앞에서도 난폭한 언사를 씀으로써
그녀의 광기는 확실해진다. 큰오빠는 직업도 없이 마약과 노
름에 빠져 도둑질을 일삼고 집안의 모든 재산을 탕진해 버린
미치광이다. 열다섯 나이에 중국인 남자와 섹스 행각을 벌이
는 주인공 소녀 역시 정상이라고는 할 수 없다. 물론 섹스만이
정신분석의 대상임을 가늠하는 기준은 아닐 것이다. 억압 구
조가 있고 거기에서 벗어나기 위해 어떤 외곬의 길로 빠지는
과정을 정신분석학적인 관점에서 고찰할 수 있다. 그러한 관
점에서 볼 때 뒤라스의 가족은 일찍 세상을 떠난 아버지와 병
사한 작은오빠를 제외하고는 모두 정신병을 앓는 환자라고 볼
수 있을 것이다.

먼저 어머니를 살펴보자. 이혼 경력이 있는 어머니는 재혼하여 인도차이나에서 현지인들에게 프랑스어를 가르친다. 그런데 재혼한 남편이 일찍 세상을 떠나자 세 아이와 함께 가정 살림을 도맡아 책임져야 하는 것에 중압감을 느낀다. 그러다 보니 성격은 사나워지고 난폭해질 수밖에 없다. 그녀가 믿을 사람이라고는 장남밖에 없다. 장남이 빨리 자라서 남편 겸 애인, 오빠 역할을 해 주기를 바랄 뿐이다. 그러니 장남이 하는 일은 무조건 옳다고 하고 잘못을 저질러도 감싼다. 그 결과 어머니가 큰오빠와 한패가 되어 작은오빠와 소녀에게 난폭하게 행동함으로써 집안은 '지배 계급'과 '피지배 계급'으로 나뉜다.

그렇다고 소녀와 작은오빠가 어머니와 큰오빠를 사랑하지 않는 것은 아니다. 소녀는 어머니와 큰오빠를 사랑하면서도 동시에 죽이고 싶을 만큼 증오한다. 마음씨 착한 작은오빠도 그런 감정을 느꼈는지는 알 수 없지만 어린 소녀에게는 어떤 탈출구가 필요했고 그때 중국인 남자가 나타난 것이다. 누가 먼저 유혹을 했는가는 중요하지 않고 그 남자를 사랑하거나 결혼하고 싶다는 생각은 추호도 없다. 그저 아무런 생각도, 말도 필요 없고, 어머니의 욕설이나 주위 사람들의 따돌림에도 아랑곳하지 않은 채, 소녀는 베트남을 떠나는 순간까지 섹스 행각을 계속한다. 그리고 아무런 미련 없이 그와 헤어진다.

분명한 것은 뒤라스에게 지배 계급의 억압 탓에 강화된 자아의 정신 에너지가 있었고 그것이 연료가 되어 작가로서 여러 다양한 활동을 가능케 했다는 것이다.

뒤라스는 마지막에 마흔 살 어린 애인, 얀 앙드레아 스테네

르의 품에 안겨 생을 마친다. 물론 '연인'은 직접적으로 중국인 남자를 가리킨다. 그러나 뒤라스에게는 중국인 남자 – 작은 오빠 – 얀 앙드레아로 연결되는 무의식의 구조가 있다. 그러한 분석은 분명 설득력이 있다. 그러므로 무의식과 정신분석의 개념을 좀 더 확대하여 『연인』을 고찰해 보는 것이 이 작품을 보다 깊이 이해하는 방법이 될 것이다.

2007년 봄*
김인환

---

* 이 책의 출간 이후 15년 넘는 시간이 흐르는 동안 뒤라스의 문체에 대한 나의 감각도, 한국어 문장의 쓰임도 서서히 달라졌다. 그 변화들을 최대한 반영하여 2023년 초부터 개정 작업을 진행했다. 새로운 번역으로 『연인』이 독자들에게 조금 더 오랫동안, 더 가까이 다가가기를 바라 본다. 개정 작업에 큰 도움을 주신 박경리 편집자에게 고마움을 전한다.

작가 연보

1914년   베트남 남부의 자딘에서 태어났다. 본명은 마르그리트
          도나디외(Marguerite Donnadieu). 아버지는 수학 교사,
          어머니는 토착민 학교 프랑스어 교사. 2남 1녀 중 막내.

1918년   아버지 사망.

1930년   사이공 리요테 기숙 학교에 진학했다. 샤슬루로바 고등
          학교에서 중고등 과정을 수학했다.

1932년   1933년까지 바칼로레아를 치른 후 프랑스에 영구 귀국.
          파리에서 생활하며 수학, 법학, 정치학을 공부했다.

1937년   식민지청 근무.

1939년   로베르 앙텔므와 결혼했다.

1940년   1942년까지 필리프 로크와의 공저인 『프랑스 제국
          (L'Empire franÇais)』출간. 출판 협회에서 근무했다.

첫아이의 죽음. 중일 전쟁 중 작은오빠 사망. 디오니스 마스콜로와 첫 만남.

1943년 마르그리트 뒤라스라는 필명으로 첫 책 『철면피들(Les Impudents)』을 출간했다. 앙텔므, 마스콜로와 함께 '국제 전쟁 포로 해방 기구'에 가입. 프랑수아 미테랑의 레지스탕스 활동에 협력했다.

1944년 로베르 앙텔므가 체포되어 부헨발트 강제 수용소와 다하우 강제 수용소에 차례로 수용되었다. 공산당에 가입. 전쟁 포로들과 강제 수용자들에 대한 정보를 모아 신문 《리브르》를 발행했다. 『평온한 삶(La Vie tranquille)』 출간.

1945년 앙텔므 귀환. 앙텔므와 함께 '우주촌'이라는 출판사를 세웠다.

1946년 이탈리아에서의 여름휴가. 앙텔므와 이혼.

1947년 아들 장 마스콜로가 태어났다.

1950년 『태평양을 막는 제방(Un barrage contre le Pa-cifique)』 출간. 공산당에서 제명되었다.

1952년 『지브롤터의 선원(Le Marin de Gibraltar)』 출간.

1953년 『타르퀴니아의 작은 말들(Les Petits Chevaux de Tarquinia)』 출간.

1954년 『숲속의 나날들(Des Journées entières dans les arbres)』 출간.

1955년 첫 희곡 『광장(Le Square)』 출간.

1957년 마스콜로와 헤어졌다.

1958년	『모데라토 칸타빌레(Moderato Cantabile)』를 출간했다. 알제리 전쟁의 속행에 반대하여, 그 뒤에는 드골 정권에 반대하여 투쟁했다.
1960년	『앙데스마스 씨의 오후(L'Après-midi de Monsieur Andesmas)』 출간. 알랭 레네의 영화 「히로시마 내 사랑(Hiroshima Mon Amour)」의 시나리오를 집필했다.
1961년	앙리 콜피의 영화 「그토록 오랜 부재(Une aussi longue absence)」의 시나리오를 집필했다. 제라르 자를로와 함께 쓴 이 시나리오로 1963년에 메디치 상을 받았다.
1964년	『롤 베 스타인의 환희(Le Ravissement de Lol V. Stein)』 출간.
1965년	『부영사(Le Vice-Consul)』 출간.
1966년	폴 스방과 함께 「라 뮈지카(La Musica)」를 공동 감독했다.
1968년	5월 혁명에 참여했다.
1969년	『그녀는 말한다, 파괴하라고(Détruire, dit-elle)』를 영화로 제작.
1971년	1976년까지 『사랑(L'Amour)』 출간. 「노란 태양(Jaune le soleil)」, 「나탈리 그랑제(Nathalie Granger)」, 「갠지스강의 여인(La Femme du Gange)」, 「박스테, 베라 박스테(Baxter, Vera Baxter)」, 「캘커타 사막 속의 베네치아라는 이름(Son nom de Venise dans Calcutta désert)」 등의 영화를 발표했다. 트루빌의 로슈누아르 호텔과 파리, 그리고 그녀의 저택이 있는 노플르샤토를 오갔다. 1975년에는 「인디아 송(India Song)」이 칸 영화제에서 예술

및 비평 부문을 수상했다. 1976년에는 「숲속의 나날들」이 장 콕도 상을 받았다.

1981년 「로마의 대화(Dialogue de Rome)」에 대한 기자 회견을 위해 캐나다, 미국, 이탈리아로 여행을 했다.

1982년 뇌이의 병원에서 알코올중독 치료를 받았다.

1984년 『연인(L'Amant)』 출간. 이 작품으로 공쿠르 상을 받았다. 『아웃사이드(Outside)』 출간.

1985년 『고통(La Douleur)』 출간.

1986년 "올해 최고의 소설"이라는 찬사와 함께 『연인』으로 리츠파리헤밍웨이 상을 수상했다. 『파란 눈 검은 머리 (Les Yeux bleus, Cheveux noirs)』 출간.

1987년 『에밀리 엘Emilie L)』과 『물질적 삶(La Vie ma-térielle)』 출간.

1988년 심각한 혼수상태에 빠져 입원했다.

1991년 갈리마르 출판사에서 『북중국의 연인(L'Amant de la Chine du Nord)』과 희곡 『영국인 애인(L'Amante Anglaise)』 출간.

1992년 폴 출판사에서 『얀 앙드레아 스테네르(Yann Andréa Steiner)』 출간.

1993년 갈리마르 출판사에서 『마르그리트 뒤라스의 글 (Écrire)』을, 폴 출판사에서 『바깥세상(Le Monde extérieur)』을 출간.

1995년 『이게 다예요(C'est tout)』 출간.

1996년 3월 3일 타계했다.

세계문학전집 **144**

연인

1판 1쇄 펴냄 2007년 4월 30일
1판 38쇄 펴냄 2023년 2월 2일
2판 1쇄 펴냄 2023년 8월 17일
2판 3쇄 펴냄 2024년 7월 16일

지은이 마르그리트 뒤라스
옮긴이 김인환
발행인 박근섭, 박상준
펴낸곳 (주)민음사

출판등록 1966. 5. 19. (제 16-490호)
서울특별시 강남구 도산대로1길 62(신사동) 강남출판문화센터 5층 (우편번호 06027)
대표전화 02-515-2000 팩시밀리 02-515-2007
www.minumsa.com

한국어 판 ⓒ (주)민음사, 2007, 2023. Printed in Seoul, Korea

ISBN 978-89-374-6144-6 04800
ISBN 978-89-374-6000-5 (세트)

세계문학전집 목록

세계문학전집은 계속 간행됩니다.